JN088339

RYU NOVELS

帝国海軍よろず艦隊③

史上最大の海戦！

羅門祐人

この作品はフィクションであり、
実在の人物・国家・団体とは一切関係ありません。

【目次】

太平洋要図

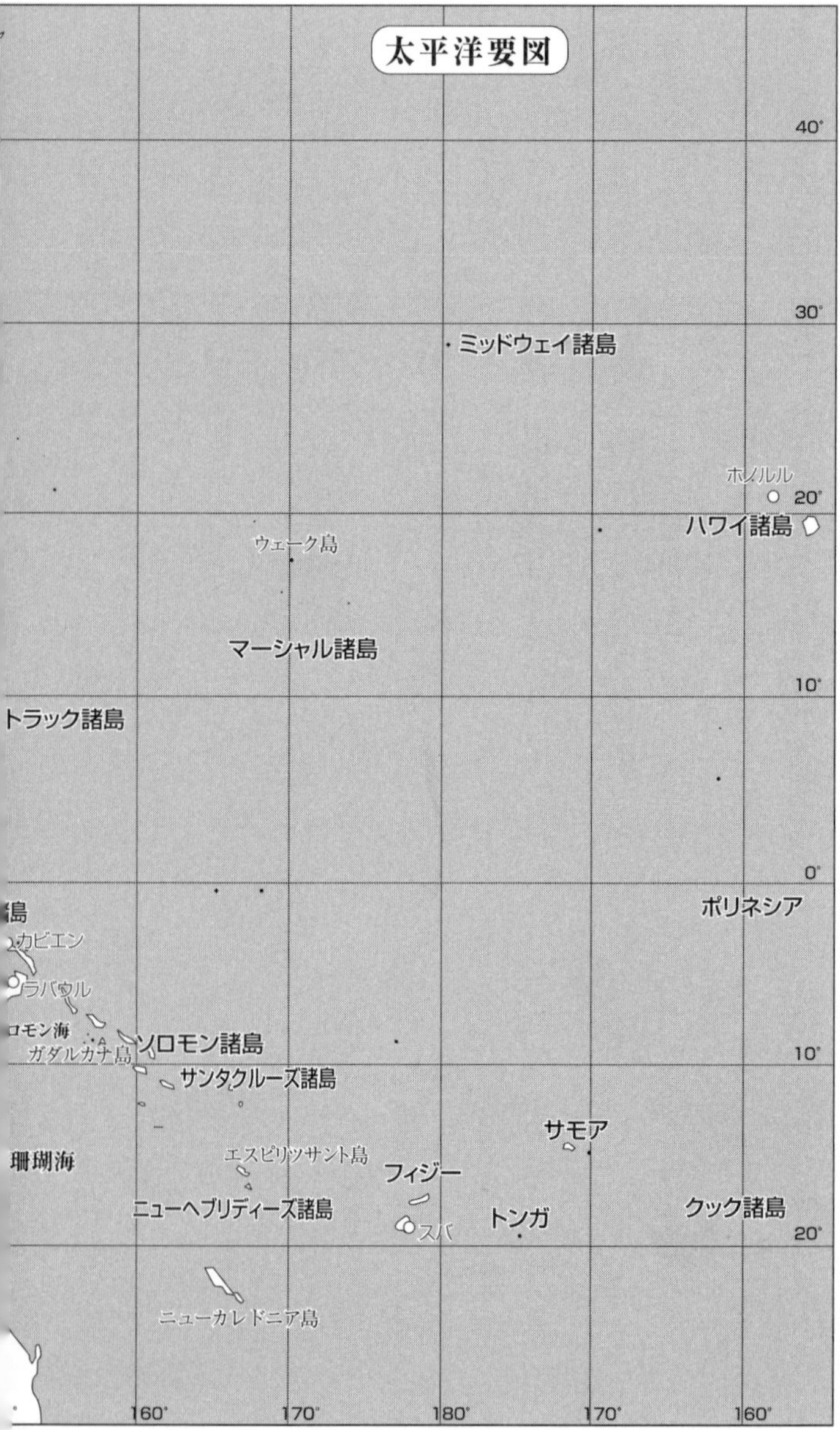

40°
30°
・ミッドウェイ諸島
ホノルル
20°
ハワイ諸島
ウェーク島
マーシャル諸島
10°
トラック諸島
0°
ポリネシア
島
カビエン
ラバウル
ロモン海
ガダルカナ島
ソロモン諸島
10°
サンタクルーズ諸島
サモア
珊瑚海
エスピリッツサント島
フィジー
ニューヘブリディーズ諸島
スバ
トンガ
クック諸島
20°
ニューカレドニア島
160°
170°
180°
170°
160°

北京
中国
上海
台湾
香港
ビルマ
タイ
仏印
サイパン
マリアナ諸島
フィリピン
ボルネオ島
シンガポール
スマトラ島
ソロン
ビスマ
ニューギニア島
蘭印
ジャカルタ
ジャワ島
ポートモレスビー
オーストラリア
100°
110°
120°
130°
140°

第1章　南海の激戦

1

一九四二年一二月　フィジー近海

　一二月二六日、午後四時二〇分。

　南雲機動部隊の放った中距離航空索敵網のひとつ――重巡鈴谷の索敵二番機が、東南東八七〇キロ地点において、南雲部隊めがけてまっしぐらに突き進む敵機動部隊を発見した。


「東南東八七〇キロに敵の大規模空母機動部隊を発見しました！　間違いなく正規空母二隻がいます。二隻のうちの一隻はヨークタウン級……おそらくホーネット。残る一隻は新型らしく、艦影確認ができません。

　ただし、水偵搭乗員による上空からの写真撮影には成功したそうですので、帰投次第、ただちに現像し、子細を記録および報告する予定になっています！」

　息せき切った航空参謀が、空母翔鶴の艦橋にいる南雲忠一のもとへ走ってきた。そして興奮を隠そうともせず、一気に報告を終えた。

「出撃準備はどうなっている？」

「万全です。いつでも飛びたてます！」

　航空参謀の返答を聞いた南雲は一瞬躊躇(ちゅうちょ)すると、となりに立っている草鹿参謀長を横目で盗み見た。

草鹿がさり気なくうなずく。

「直掩を残し、全力出撃せよ」

ここが正念場……。

慎重な南雲にとって、イチかバチかの全力出撃は間違いなく無謀な賭けだ。

しかし……。

ミッドウェイ海戦の時、第一次攻撃が不十分だったせいで、駄目押しの一隻を失った記憶はいまも脳裏にこびりついている。

今回も敵は、あの時と同じ二隻。ただし、手駒の艦上機は三分の二と目減りしている。

ならば選択肢は、アウトレンジからの全力出撃しかない——。

「空母全艦、直掩を残し出撃！」

草鹿が復唱する。

「第一次航空攻撃隊の飛行隊長へ伝達。今回の出撃には護衛総隊の飛行艇は参加しない。よって雷撃数が減少することに留意しつつ、確実に敵空母二隻を撃沈せよ」

航空隊長が伝令にメモを取らせている。

メモを終えた伝令は、ただちに信号所へ赴き、空母戦隊所属の空母へ内容を知らせるはずだ。

そうすれば、今回、攻撃飛行隊長に任じられている各空母の艦爆隊長に伝わる。あとは飛行中に各艦上機隊の隊長へ短距離無線電話で伝えるだけだ。

発艦態勢に入った翔鶴が、ぐんっと加速する。

まず護衛戦闘機隊が上がり、次に艦爆隊だ。直掩の艦戦は発艦態勢をとった直後に上げてある。

最後に離艦距離の必要な天山艦攻が、飛行甲板の最後尾から発艦を始めた。

その頃になると、九九艦爆と九七艦攻のままの隼鷹／飛鷹隊が、先に東南東へ飛び去り始めた。

総数二三〇機……。

直掩用の零戦四三型四〇機（二〇機二交代制）を残しての全力出撃のため、上空に二〇機、格納庫に二〇機の零戦を残すのみとなる。

翔鶴／瑞鶴の天山は、火星エンジンに換装してある。

米軍鹵獲品の模倣排気タービンが間に合わなかったため、従来型の機械式過給機が取りつけられている。そのせいで出力的には満足できるものではないが、そもそも基本設計からして九七艦攻を大幅に上回っているせいで、とりあえず主力艦攻の代替わりにはなっている。

彗星も、もとの液冷エンジンのままで排気タービン非採用バージョンだが、航続距離は九九艦爆や九七艦攻より四〇〇キロほど長い。天山に至っては六〇〇キロ以上も飛べる。

そのため南雲機動部隊参謀部は、航空攻撃隊内で擬似的に第一次攻撃隊と第二次攻撃隊を編成し、まず航続距離の短い隼鷹／飛鷹隊（零戦四三型／九九艦爆／九七艦攻）を先に突入させることにしたのである。

「この重要な時に、肝心の護衛隊の飛行艇が参加していないのは気がかりだが……しかたあるまい」

発艦を終了し、移動陣形へ移行しつつある翔鶴の艦橋に、南雲の小さな独白が流れた。

あくまで独り言だったが、さすがに看過できなかったのか、草鹿参謀長が小声で返答する。

「彼らは母艦を後方へ分離したあと、小沢部隊とともに交戦を行なっています。判明しているだけで喪失機一／被弾機数機となっていて、被弾機の被害程度や再出撃が可能か否かの報告は、まだありません」

また、小沢部隊に随伴した護衛艦の一隻が火災により中破したせいで、遠洋護衛隊に所属する護衛艦一隻が中破した艦に付き添い、後方にいる飛行艇母艦四隻のもとへ移動中となっています。

　飛行艇母艦の退避した場所がニューヘブリディーズ諸島西方六〇キロ地点となっていますので、今後、護衛もいない母艦のみで飛行艇を出撃させるわけにもいきません。

　そろそろエスプリッツサント島の敵滑走路が一部使用可能になる頃ですので、彼らは飛行艇を収容したら、まずニューヘブリディーズ諸島から遠ざかることが最優先事項となっています」

　甚大な被害を受けた小沢機動部隊も、ともかく敵の手の届かない場所へ退避し、そこで態勢を立て直さなければならない。

　その上で、撤収するか戦闘を継続するか、連合艦隊司令部からの命令を待つことになるはずだ。

　そこでGF司令部は、ともかく広域護衛隊と小沢機動部隊の集結地点をニューヘブリディーズ諸島北北西六〇〇キロに設定し、明日の朝までに移動するよう命じている。

　むろん被害を受けた艦の中には、出せる速度の関係で集合地点へ到達できない艦もいる。

　とくに飛行甲板中央に爆弾一発を食らった龍驤は、離着不能になっただけでなく、艦の中央下部にある缶室二基にも損傷を受け、最大速度二〇ノット以下にまで落ちる結果となった。

　かえって飛行甲板前部に爆弾を食らい、艦橋の一部も破壊された瑞鳳のほうが速度を出せるという皮肉な結果となっている。

　ただし、その瑞鳳も艦橋要員の三分の二を失い、なおかつ離艦不能となれば、継戦不能どころか艦を航行させるのですら苦労する状況らしい。

　これら二隻の空母のほか、被害を受けた水上艦を、ともかく安全な港へ退避させねばならない。

　結果的にGF司令部は、空母二隻と駆逐艦四隻、海防艦一隻（護衛艦）をラバウルまで下がらせ、そこで簡易補修を行なったのち、トラック／サイパン経由で日本本土へ戻す決定を下した。

となると小沢機動部隊は、空母一／軽巡二／駆逐艦八／海防艦三にまで目減りしたことになる。このうち海防艦三隻は広域護衛隊に所属する護衛艦のため、早々に分離しなければならない。

小沢自身は軽巡川内に乗艦し、なおも作戦参加を伝えている。

だがGF司令部としては、本日が重要な作戦予定日となっていたため、とりあえず集結地点へ移動したのちは待機せよとの命令を発している。

そのような状況の中、いきなり日米の主力機動部隊による直接対決が勃発したのである。

「ああ……ないものねだりをしてもしかたがないか。ともかく、敵の正規空母が二隻となれば、おそらく太平洋にいるすべてだろう。これを見逃せば、今後の作戦が成り立たない。

いま我々がここにいるのも、すべてこれらを叩くためだ。そして攻撃の矢はすでに放った。あとは状況を見守るしかない……」

南雲は『彼我の距離八七〇キロ』の意味を承知している。

この距離では、敵空母艦上機は届かない。

無理をすれば攻撃は可能だが、帰投途中で燃料切れを起こして全滅する。そのような自殺的な戦法を米海軍が選択するはずがない……そう思っていた。

「攻撃隊を収容後、フィジー北方九五〇キロ地点へ移動します」

南雲の考えを読んだかのように、草鹿が先んじて言葉を発した。

「ん……となると、明日の朝に予定されていたフィジー本島への爆撃は中止になるのか？」

作戦予定ではそうなっている。

「作戦予定は、あくまで敵主力機動部隊と接敵しなかった場合のものです。主敵が敵主力機動部隊なのですから、それを発見した以上、自動的に作戦は乙案へ変更されます」

「ああ、そうだったな。ということは、参謀部はフィジー北方九五〇キロにいれば、今回もし敵空母を撃ち漏らしても、明日の朝に第二次攻撃隊を出せると判断したわけだ」

航空攻撃隊をくり出した後は、いちいちGF司令部に作戦予定を確かめるようなことはしない。

まず無線を完全に封止するし、刻一刻と変化する彼我の位置に即応するためには、どうしても南雲機動部隊内部で即時判断しなければならないからだ。

「あくまで敵次第ですが……今夕の攻撃結果と明日朝の索敵を総合して判断します。明日朝の索敵には、ガダルカナルから大型飛行艇三機も出てくれますので、もし敵艦隊が遁走したとしても捕捉できるはずです」

「明日の朝でも、広域護衛隊の飛行艇は参加できないのか!?」

予想外だと言いたげに南雲の顔が歪む。

「いまのところは無理です。小沢機動部隊を含めた先方部隊のすべてが無線封止中ですので、安全な集合地点に集結するまでは連絡のとりようがありません。

先方の集合時間は明日の朝となっていますが、時間的に見て、彼らからの集合終了の無線通信を待っていては、第二次航空攻撃の機会を失ってしまいます。

もし彼らの飛行艇が参加できるとしても、我々の第二次攻撃が終了した後になるでしょう」

たった一六機……。

いや一機を失っているから、いまは一五機。

被弾機のうち再出撃不能機があれば、さらに目減りしてしまう。

距離的に、ガダルカナルから出撃している陸上襲天（しゅうてん）隊の参加は無理なため、戦闘や索敵に参加できる襲天は、泣いても笑っても最大で一五機となる。

その一五機に、ここまで南雲が執着するとは……。さしもの草鹿参謀長も、これには驚いた様子だった。

「では……明日の第二次攻撃を実施した場合、収容地点へ移動するさいに、広域護衛隊へ第三次攻撃を要請する可能性を留意しておきましょう。そうすれば、万が一にも敵空母を取り逃がす可能性を潰すことができますから」

明日の第二次攻撃さえ終えれば、南雲機動部隊は安全確保のため、一時的にフィジー北西一二〇〇キロまで下がることになっている。

この距離は、いかに敵機動部隊が全力で追尾しても、明後日の朝までに航空出撃できない絶対安全圏へ逃げ延びることを意味している。

「どのみち、まだ作戦は終わりません。明日の夕刻こそ出撃予定はありませんが、明後日朝までには小沢機動部隊の今後も決定しているでしょうし、その後の作戦実施もGF司令部から連絡が入るでしょう」

今回の作戦は、敵の空母部隊を潰して終わりではない。あくまでそれは本作戦の前哨戦にすぎず、肝心の主目的――米豪連絡線遮断の達成は、その後にかかっている。

当然、南雲機動部隊も戦い続けることになる。

いったん引いて、補給部隊から爆弾／魚雷や燃料などの補給を受け、仕切りなおしての参加が予定されている。

「ああ、我々が作戦途中で退くのは、艦隊に致命的な痛手を受けた場合のみだ。その場合でも、敵空母部隊と相討ちならば、打撃部隊は作戦を続行するだろう。

ゆいいつ作戦中止の可能性があるとすれば、敵空母の一部が生き残り、こちらの空母が全滅した場合だ。いくらなんでも、航空支援なしに上陸作戦を実施するのは無謀だからな。

だが、作戦中止だけは……なんとしても避けねばならん。今回を逃したら、次は最低でも春以降になってしまう。

今回、米海軍が新型正規空母一隻を投入してきたことを考えると、春の時点では、さらに一隻もしくは二隻が追加されているはずだ。

現時点では、小沢君が二隻の小型空母を取り逃がしているものの、まだ我々のほうが優勢だ。その敵小型空母も、春までにどれだけ量産してくるかわかったものではない。

だから今日と明日で、なんとしても敵主力空母二隻を、最低でも出撃不能に追い込まねばならない。そうなれば、敵に残っているのは二隻の小型空母のみだ。

その後、敵が自滅覚悟で挑んで来るにせよ、戦力温存のため撤収するにせよ、敵空母の殲滅(せんめつ)か米豪連絡線の遮断かを選択すればいい。

肝心なことは、それまでに最低でも我が方の空母三隻以上を稼動状態で確保し続けることだ。可能ならば正規空母を含む三隻が残ってほしい。

それさえ実現できれば、今回の作戦を最低限達成できる……」

いま南雲は『今回の作戦を最低限達成』と明言した。『最後まで達成』ではない。あくまで『最低限』だった。

その違いをいち早く察した草鹿が、ほかの者に悟られないよう急いで言葉をかぶせた。

「そうですね……長官、攻撃隊が敵部隊位置へ到達するまで、あと一時間ほどあります。その間に朝食を召し上がられては、いかがでしょうか。艦橋は私が責任をもって引き受けますので、ともかくひと休みしてください」

「ああ、そうだな。攻撃予定時刻には戻る。それまで艦橋を頼む」

高齢の南雲にとって、早朝出撃につき合うのはつらいはずだ。おそらく、ほとんど寝ていない。

本来なら仮眠を取ってほしいと思っている草鹿だろうが、さすがに航空攻撃を終了するまでは南雲も寝る気など、さらさらないはず……そこで、しかたなく食事だけでもと勧めたのだった。

かくして……。

いち早くスプルーアンス部隊の接近を察知した日本側は、これ以上ない一手を打つことに成功した。

だがそれは、あくまで日本側の思惑でしかない。そこには重大な誤算が含まれていることに、南雲も山本も気づいていなかったのである。

＊

午前四時五〇分……。

南雲機動部隊の東南東八五〇キロ地点に、先を急ぐスプルーアンス部隊がいた。

「デンバーの様子はどうだ?」

艦隊速度二六ノットで驀進(ばくしん)する部隊の中、思いだしたようにスプルーアンスが参謀長へ聞いた。

「やはり随伴するのは無理そうです。先ほど単艦離脱を命令しました」

軽巡デンバーは三時間前、日本海軍潜水艦のものと思われる魚雷一発を艦前部左舷に受け、破口から大量浸水する被害を受けた。

それでもデンバーの艦長が、航行しつつ緊急補修を実施する旨の発光信号を送ってきたため様子を見ていたが、やはり二六ノットを維持するのは無理だったらしい。

「ここで艦隊防衛の要となる軽巡一隻を離脱させるのは痛いが、さりとて速度を落とすわけにもいかん。なんとしても一時間以内に敵機動部隊を発見し、航空出撃を実施せねば勝ちめはないからな」

「発艦予定時刻まで、あと三〇分を切っています。それまでに敵艦隊を発見できない場合、敵航空隊の攻撃を受ける可能性がありますが……」

いまこの瞬間でも、距離的には日本空母艦上機の攻撃圏内に入っている。

しかも二人の様子を見る限り、すでに日本側の索敵水上機に発見されていることは知らないようだ。おそらく夜明け前のかなり暗い状況だったため、目視による上空監視では見つけられなかったのだろう。

しかし、たとえ暗くてもレーダーには映るはず。

事実、新型の空母エセックスには、最新鋭のSC対空レーダーが搭載されている。だが、稼動していなかった……。

スプルーアンスはレーダーを用いた周辺警戒より、電波封止による隠密行動を優先したのである。

ただし、これは間違った選択ではない。

SC対空レーダーの探知範囲は最大で五〇キロだが、電波自体は最大数百キロ以上先まで受信可能だからだ。とくに何もない海上の場合、電波は遠くまで飛ぶ(当然、受信機の性能による)。

ただし、SC対空レーダーに用いられる波長は数十センチであり、分類的には超短波(VHF)となる。

VHF周波数帯は通常、電離層反射をしない。上空に放たれたVHF電波は地球の大気層を突き抜け、そのまま宇宙空間へと飛び去っていく。

そのため水平線の向こう側……丸い地球の弧に沿って沈み込んでいく海上にいる敵艦は探知不能であり、敵艦の安全は確保できる……はずだ。

しかし、例外がある。

たとえ超短波であろうとVHF帯の電波は、スポラディックE層という突発的に出現する電離層によって反射される。スポラディックE層は暑い時期に発生しやすいが、熱帯域では年中、ほぼ毎日のように発生している。

この電離層に反射した超短波は、飛ぶ時は数千キロ……オーストラリアの陸上基地の電波が日本でも受信できることがあるくらいだ。

しかも厄介なことに、スポラディックE層は移動する雲のような存在であり、いつどこで発生するか、どれくらいの時間維持されるか、どれくらい遠方まで電波を伝えられるか、どれもこれもが不確定なのである。

これらのことは、海で活動している米海軍は開戦前から承知している。日本海軍も同様に知っているが、超短波発振器や高性能受信機の開発に遅れを取っているぶん情報は少ない。

いまスプルーアンス部隊は、なんとしても南雲部隊に発見されないまま、航空攻撃が可能な地点まで突進しなければならない状況だ。

当然、発見される可能性が飛躍的に増大するレーダー波など出せないのである。

午前五時二分。

「フィジー基地のカタリナが、我が艦隊の西北西八四〇キロ付近に敵機動部隊を発見したそうです！　現在、出撃中の水上索敵機が再確認を急いでいます!!」

無線室からの艦内有線電話を受けた通信参謀が大声で報告した。

「航空攻撃隊を出撃させろ」

スプルーアンスは、味方水上機による再確認を待たぬまま、航空攻撃隊を出撃させる決断を下した。

「攻撃隊、出撃!!」

すぐさま参謀長が叫ぶ。

「これで最低でも相討ちだ。さらには、こちらには新型機だけでなく新兵器もある。まだ五インチ砲のみの対応だから、重巡と軽巡でしか使えないが……そのぶん有利ですらある」

いまスプルーアンスが意味深な口調で呟いたのは、重巡ポートランドと軽巡サンタフェ／デンバー／ホノルル／ボイスの一五・二センチ砲に対応した新型近接信管付きの対空砲弾——VT信管を使用した砲弾のことだ。

ただし、軽巡デンバーは戦列を離れてしまったので、現在の艦隊防衛には使えない。


VT信管は、本来なら一月から順次配備されることになっていたが、スプルーアンスの強い要望により実戦試験が認められ、太平洋艦隊に優先配備が決定していた。

ただ、すでに米国内では量産が始まっているため、これは試作品ではなく正規の量産品である。

じつのところ、スプルーアンスがぎりぎりまで南太平洋へ移動しなかったのは、この砲弾がハワイへ到着するのを待っていたからだった。

直径一五メートル以内にいる敵機を感知して起爆する電波ドップラー式近接信管は、おそらくかなりの威力を発揮する……そう確信したスプルーアンスは、技術部からの報告に疑心暗鬼だった艦隊首脳部の中で、真っ先に有用性を看破した一人だったのである。

スプルーアンスの発言を受けて、参謀長が小さなため息をついた。

「欲を言えば、空母の高射砲となっている四インチ砲用のものも同時に開発してほしかったのですが……これが実現すれば、駆逐艦の両用主砲も一部は使用可能になるはずですので、艦隊防空は飛躍的に向上したのですが」

「サイズの問題だけだから、いずれ技術的には可能になるだろう。五インチが実戦配備された以上、今後は早期にサイズダウンするはずだ。おそらく春に出揃う艦には四インチ用も配備されるのではないか。


まあそれも、今回の実戦結果を見てからの話だ。いかに試験で優秀な成績を出しても、実戦で使い物にならなかった兵器など、ごまんとある」

待望していたというのに、スプルーアンスはここでも現実的な視点を変えようとしない。

期待は期待、結果は結果……。

そこをスッパリ切り分けるのが、冷徹な鉄仮面と呼ばれる由縁である。

「全空母、離艦終了！」

いつのまにか時はすぎ、航空攻撃隊の全機が出撃を完了していた。

「艦隊陣形を変更。変更後は収容地点へ向け、南下を開始せよ」

いかに新型機で固めたとはいえ、この距離から出撃すれば、攻撃に必要な滞空時間を考慮すると、攻撃隊収容地点をいま以上に遠く設定するのは無理がある。

そこでスプルーアンスは、距離的にはあまり変わらないが、可能な限り敵から身を隠せる南方向五〇キロ地点に収容場所を設定していた。

これは危うい賭けだ。

日本海軍が米空母の攻撃可能距離を従来と同じと判断していても、日本の艦上機の攻撃可能距離が短くなるわけではない。

したがって、いったん居場所が露呈したら、航続距離ぎりぎりで出撃させたスプルーアンス部隊は、日本側の攻撃範囲内で攻撃隊を収容せざるを得なくなる。

条件は、ほぼ同じ……。

日本海軍のアウトレンジ戦法は、すでに瓦解している。それを日本軍が気づいていないことだけが、スプルーアンス部隊の利点となっている。

この利点は第一撃のみに有用であり、その後は消滅する……。

スプルーアンスはそう判断しているが、実際には日本側も新型艦上機に変わっているため、日本側の航続距離は、さらに長くなっている。

つまり、スプルーアンス部隊が日本側の航続限界ぎりぎりで収容作業を行なわなければならないと考えていること自体が間違いであり、実際には、日本側は余裕で攻撃できる距離なのだ。

ただし、日本側もまた米側の航続距離増大を知らないため、一方的なアウトレンジ攻撃と思っている現在の距離が、実際には相互に攻撃可能な位置関係にあることを知らない……。

第一撃は、すでに互いにくり出している。

そのことを、まだ双方ともに知らない。

このような齟齬（そご）は実際の戦場では無数にある、ごく普通の光景だ。いかに天才であろうと、この運命の女神の悪戯（いたずら）には抗（あらが）えない。

このことは、歴史上に生涯連戦常勝の指揮官がいないことでも明らかだった。

2

二六日午前六時　南太平洋

それは、まさに青天の霹靂（へきれき）だった。

「敵襲！　東南東方向、距離八〇〇〇に敵機集団!!」

真っ先に気づいたのは、南雲機動部隊の中心にいる空母集団を直掩している、二〇機の零戦隊だった。

敵機発見の報は、短距離無線電話で直接各艦へ届けられた。報告を受けた翔鶴通信室は、ただちに伝音管にて艦橋へ急報、発見から四〇秒後には南雲の知るところになった。

だが……。

時速四〇〇キロ以上で突入してくる敵艦爆や艦攻は、一分間で七〇〇〇メートルを踏破する。

つまり、南雲が対空戦闘命令を下した時には、すでに敵機の多くが上空に到達、攻撃態勢を完了した後だった。

「なぜ……」

あるはずのない敵航空攻撃。米機動部隊は、まだ航続圏外の八三〇キロ彼方のはず……。

だが攻撃が現実となった衝撃に、航空参謀が絶句している。しかしその謎も、すぐに解明されることになった。

「甲板監視員より報告！　敵艦上機はいずれも新型の模様!!」

報告したのは、翔鶴艦橋のハッチを開けて顔だけ覗かせている甲板長だ。本来の職務ではないが、緊急事態のため自ら報告しにきたのだろう。

「艦戦だけでなく艦爆や艦攻も新型だと？」

反射的に叫んだ草鹿参謀長に対し、甲板長がふたたび口を開いた。

「確認できたのは艦戦と艦爆のみです。いまのところ艦攻の発見報告はありません！」

返答に対しなおも質問しようとした草鹿は、そこで黙らざるを得なくなった。

——ドガッ！

凄まじい衝撃とともに、二万五〇〇〇トンもある翔鶴の艦体が縦に揺れた。

一瞬、耐爆ハッチを閉じた甲板長が、ふたたび顔を見せる。

「飛行甲板後部……右舷側に直撃です！」

「二五〇キロ爆弾ではないな」

それまで黙っていた南雲が、ぽつりと呟く。

ミッドウェイ海戦の時、赤城が食らった二五〇キロ爆弾の衝撃は、いまも夢に見るくらい鮮明に覚えている。

しかし、いまの衝撃は、赤城と翔鶴のトン数の違いを差し引いても大きすぎたのだ。

「我が方の彗星も、九九艦爆の二五〇キロから五〇〇キロへ大型化していますので、おそらく米海軍も同じ用兵思想から大型化したのかもしれません」

瞬時に我に返った草鹿が南雲の疑問に答える。

「報告！　後部右舷の被害は、飛行甲板後部右舷側大破……着艦不能です！　格納庫内の直掩予備用零戦四機が破損したものの、攻撃隊収容を前提に、多くが前部エレベーター付近に寄せてあったため一六機は無事です。

上部格納庫後部は大破しましたが、延焼などの二次被害は最小限にとどまっている模様。中甲板以下に被害はありません!!」

被害確認の取りまとめをしていた艦務参謀が、とりあえずの報告を行なった。

だが、まだ攻撃は続いているため、これで被害が終わるとは思えない。そう感じた南雲は、草鹿に念を押すような一言を発した。

「各空母には、最優先で被害報告を出すよう厳命してくれ」

「左舷上空より敵機接近！」

南雲の声を押し潰すように、左舷側の艦橋要員が叫ぶ。

「衝撃に備えろ！」

着弾を予想した草鹿が、南雲をかばうようにしながら声をあげた。

――ドウッ！

「左舷中央、至近弾！」

「被害確認を急げ！」

あちこちで声が錯綜する。ふと見ると、南雲の表情が石のようにこわばっていた。

「長官……」

おそらくミッドウェイ海戦のトラウマが、いま南雲の身体を必要以上に緊張させているのだろう。

「飛鷹、直撃！」

敵の攻撃開始から七分ほど経過した時、第二の被害報告が舞い込んだ。

「子細を……」

真っ青な顔になりながらも、南雲が草鹿に命令を下す。

「飛鷹へ至急連絡。被害子細を可能な限り早く送れと厳命せよ！」

命令を伝えた後、草鹿は南雲に諭（さと）すような声をかけた。

「長官……あの時とは違います。今回は飛行甲板上に艦上機や爆弾はありません。事実、まだ翔鶴は沈んでいません。被害は受けましたが、まだ大丈夫です」

航空隊が出撃している状況での着艦不能では、どこが大丈夫なのか意味不明な言動だったが、たしかにミッドウェイの時とは違う。

「敵機、撤収していきます‼」

今日聞いたうちで、もっとも嬉しい報告が聞こえた。

「たった一〇分だと？」

草鹿の諭しには答えなかった南雲が、心の底から絞るような声を出した。

「憶測になりますが……敵の新型艦上機の航続距離が向上したのは、事実として認めるしかないでしょう。しかし、それをもってしてもぎりぎりの距離だったと推測します。

私が敵の参謀長であっても、新型機の性能を最大限に生かした策を採用します。これらの推測からすると、敵の指揮官はかなりの策士と思われます。

我々が知らない情報を素早く利用し、すべての条件を満たすぎりぎりの線で作戦を組み立て、それを着実に実行してきましたから。

その結果、攻撃に必要な滞空時間が極端に短くなるのを容認せざるを得なかった……これは予想外の奇襲攻撃を最優先にしたためと思います」

わずか一〇分しか攻撃しなかったのは、それ以上滞空していると帰投している最中に燃料切れになるために違いない。

草鹿はそう推測し、敵がぎりぎりの線で攻撃を可能とする距離まで突進してきたことを見抜いたのだ。

「敵の指揮官は、ミッドウェイの時と同じ人物だと思う」

なにを根拠に思ったのか、南雲は確信を込めた声で告げた。

「そうかもしれませんね」

草鹿は、それだけ答えると口をつぐんだ。

戦闘こそ終了したが、自分たちにはまだやることが腐るほどある。それらを最優先で実行できるよう、南雲へ意識の転換を迫るための沈黙だった。

沈黙を待ち構えていたのか、艦務参謀が近づいてきた。

「被害報告がまとまりました。翔鶴、着艦不能。飛鷹、離着艦不能および速度低下。現在も炎上中です。瑞鶴は至近弾二発を受けて小破ですが離着可能。隼鷹に被害はありません。なお、駆逐艦三隻が銃撃被害を受けたとの報告がありました」

「飛鷹は大丈夫だろうか」

　南雲の質問には草鹿が答えた。

「炎上中とありますので、まだ今後は不明かと。それより翔鶴と飛鷹の航空隊の収容先を決めるのが先決です。航空参謀に任せようと思いますが、いかがでしょう」

「ああ、任せる。どれだけ戻ってくるかわからんが、可能な限り収容できるよう算段してくれ」

　その時、翔鶴航空隊長が走ってきた。

「直掩隊の被害は八機です。敵の新型艦戦はかなりの性能だったようで、零戦四三型をもってしても撃ち負ける状況があったそうです。残る一二機も被弾機がある模様で、被害機を着艦させるべきと進言いたします」

「直掩の追加も必要ではないのか」

　草鹿が疑問の声をあげる。

　喪失したぶんと被弾したため着艦させるぶん、直掩機を新たに上げるべきではないかと疑問に思ったらしい。

「飛鷹の直掩予備機が使えなくなりましたので、ここで追加を上げると攻撃隊収容後の直掩機が目減りしてしまいます。敵の第二次攻撃を想定し、必要な直掩機数を確保したいと思っております」

「翔鶴は着艦不能だが離艦は可能だから、翔鶴の直掩予備機を優先的に上げるべきだろうが……たしかに貴様の言う通りだな。

　よし、そこらへんのことは任せる。長官、よろしいですか」

「任せる」

　ミッドウェイの再現にならなかった安堵感からか、南雲は少し気が抜けているような感じになっている。

　本来なら長官室で休ませるべきだが、これから味方攻撃隊が攻撃を仕掛けることを考えると、いま長官が艦橋を去るのは許されない……。

「長官、味方攻撃隊が接敵する予定まで、あと少しと思われます。接敵報告があればお呼びしますので、それまで参謀控室でひと息ついてください。といっても茶くらいしかありませんが……」

「ああ、そうしよう」

　このままでは危うい。一刻も早く気を取りなおして、次の作戦判断を下してもらいたい。

　草鹿の焦燥を感じたのかどうか知らないが、南雲は予想以上に素直に受け入れた。

　そこに、追い打ちをかけるような報告が入った。

「飛鷹、火災に阻まれて浸水増大。艦の傾斜が止まらないそうです！　現在、左舷側へ三〇度の模様!!」

「長官……」

　草鹿の声が悲観の色に染まっている。

「総員退艦を許可する」

　この時ばかりは、いつもの南雲の声だった。

　これ以上、優秀な空母要員を失うわけにはいかない。とくに飛鷹の乗員は、ようやく一人前に育ったばかりの若手が多いのだ。

　今回で艦隊を去る南雲とは違い、彼らは今後も空母部隊を維持していかねばならない。そのことを考えると、南雲が最優先でやらねばならないことは決まっていた。

＊

　南雲機動部隊の攻撃隊がスプルーアンス部隊を捕捉したのは、スプルーアンス部隊の攻撃隊が撤収した直後のことだった。

　出撃した時間は南雲部隊のほうが二〇分ほど早

かったが、攻撃はスプルーアンス部隊のほうが先になった。

米海軍の新型艦上機の航続距離が伸びたといっても、南雲部隊は足の短い隼鷹・飛鷹隊（九九艦爆／九七艦攻）であっても、いまだに米軍機をしのいでいる。翔鶴・瑞鶴隊（零戦四三型／彗星／天山試作機）においては、さらに長い。

スプルーアンス部隊の位置は、一機の二式対潜飛行艇と二機の九七式対潜飛行艇によって断続的に監視され続けているため、南雲航空攻撃隊は接敵直前まで、無線電信による最新の敵艦隊の位置を把握できていた。

日本側の敵艦隊発見の遅れは、航空攻撃隊がいったん東へ迂回してから南下して、出撃した方角を察知されないようにしたためだ。航続優位性を生かした戦術が、今回の遅れにつながったのは残念だが、遅れたことによるデメリットはほとんどないため戦術的な失敗とはならない。

結果的に午前六時一一分、南雲航空隊はスプルーアンス部隊に攻撃を開始した。


「くそっ！」

攻撃隊長と艦爆隊長を兼任している佐々木宗継少佐は、先行突入した隼鷹艦爆隊第一編隊五機が、急降下途中に全機撃ち落とされたことに驚愕した。

隼鷹の艦爆は九九艦爆のため、敵に捕捉されやすいのと急降下途中の砲弾回避が難しいとはいえ、全機喪失は異常だ。

『こちら隼鷹艦爆隊長、越谷。敵の対空砲弾の炸裂高度が固定されていない。こちらの急降下に合わせて炸裂しているように見える』

短距離航空無線電話による通信が、有効距離ぎりぎりの二〇キロ前後で届いた。

隼鷹艦爆隊の隊長も異常に気づき、次の編隊に対する突入指示を出しかねているらしい。

「進入確度と速度、できれば進入方角も変更して突入させろ。結果がわかったら、すぐに報告してくれ」

　今回の攻撃は、隼鷹・飛鷹隊が先に突入する予定になっている。

　その最初の突入で攻撃計画を揺るがすような異常が起こったため、後続となる翔鶴・瑞鶴隊を率いている佐々木としては、なんとしても隼鷹・飛鷹隊に突破口を見いだしてもらいたいと考えた。

「こちら翔鶴・瑞鶴零戦隊、戦闘空域へ到達。これより支援を開始する」

　敵は対空砲火だけではない。

　戦場の上空には、四〇機前後の米新型艦戦――Ｆ６Ｆヘルキャットが待ちうけている。

　Ｆ６Ｆは、零戦四三型の一三二〇馬力を陵駕する二一〇〇馬力で襲いかかってくる。

　零戦四三型の二五五〇キロをはるかに超える五六〇〇キロという馬鹿げた重量も、この凄まじい馬力のせいで問題にならない。まさに重戦闘機の代表格である。

　対する零戦四三型は、軽戦闘機の最終形態とも言える傑作機……。

　互いに長所と短所があるため、戦闘結果はそれぞれの搭乗員の力量と戦術によって決定する。

　最初の一撃は、零戦側に勝利の旗が振られた。

　一機の零戦がＦ６Ｆに追撃され、零戦は急降下で回避しようと高度を下げた。

　Ｆ６Ｆのパイロットは、内心しめたと思ったに違いない。零戦は急降下性能に難があり、一定速度を超えると空中分解してしまうと知っているからだ。

　そこで、余裕で急降下追尾を開始したのだが、いくら速度を増しても距離が縮まらない。

六〇〇キロを超え、やがて分解速度と言われている六七〇キロを超えた。

だが零戦は、なおも降下しつづける。

それどころか六九〇キロに達した時、翼を左に翻して急降下から離脱しはじめた。

その瞬間……。

単機で零戦を追っていたF6Fは、左後方から急降下追尾していた別の零戦に銃撃され、無念の撃墜となった。零戦の二機一組によるF6F対策が実を結んだ瞬間である。

攻撃隊第二波の零戦隊が、上空の安全を確保しはじめた。いよいよ佐々木率いる翔鶴・瑞鶴爆撃隊の出番だ。

同時に天山艦攻隊も低空から攻撃進入する。

すでに佐々木は、各攻撃隊の隊長へ指揮権を渡している。したがって現在は、翔鶴・瑞鶴艦爆隊長としてのみ行動すればいい。


『こちら越谷。やはり対空砲火の精度が異常に高い。回避方法は、敵の対空砲の射撃方向をそらすしかないようだ。具体的には艦尾方向からの一点突入しかない。命中確率は最低だが、これ以外は確実に被害が増大する。以上、成功を祈る』

電話通信の様子から、隼鷹・飛鷹艦爆隊はかなりの被害を出したようだ。

佐々木たちは、彼らが犠牲を出してまで発見した回避方法を活用し、確実に戦果を出さねばならない。責任は重大だった。

『こちら飛鷹艦攻隊、新型空母一隻に魚雷一命中！　味方機の被害甚大!!』

艦爆隊だけでなく艦攻隊も苦戦しているらしい。それでも意地で一発食らわせたのだから立派だ。

「翔鶴・瑞鶴艦爆隊各編隊長へ告ぐ。全編隊、目標の艦尾方向より突入せよ。以上、健闘を祈る!!」

最後の編隊命令を下すと、佐々木は風防を少し開けて右手を真上に突き上げた。それをはっきりとわかるように、大きく前方へ振り降ろす。

風防を閉じると叫んだ。

「行くぞ！」

告げた相手は、後部座席に座る前島一飛曹に対してだ。

目標は、直前に目星をつけたホーネットと思われる米空母。敵空母を直衛している二隻の軽巡の艦尾方向から突入するつもりだ。

「後方左右に敵機なし」

背中合わせになり後方機銃を構えている前島が、返事の代わりに報告してきた。

一瞬スロットルを閉じると同時に、操縦桿を左前方へ倒し、左ラダーを踏む。

機体が急激に左反転しつつ機首を下げる。

そのまま急降下角度へ突き進む。

高度一五〇〇……。

いささか低い急降下開始高度だが、敵対空砲による原因不明の撃墜が相次いだことで、可能な限り降下時間を短縮するための措置だからしかたがない。

佐々木の率いる編隊は、佐々木機が五番機を担当し、編隊全体の攻撃を後方から確認するという変則的な構成となっている。

これまでの編隊構成では、編隊長機は一番機と相場が決まっていたが、幾多の航空戦闘を経て、編隊長が真っ先に突入して撃墜された場合、残りの編隊機が指標を失い混乱することがあった。

そこで今回の作戦から、試験的に翔鶴・瑞鶴攻撃隊には、編隊長機を五番機とする新編成が採用されたのである。

――ドッ！

左翼真横で、いきなり対空砲弾が炸裂した。

従来であれば、この高度で炸裂する対空砲弾はまれだった。

事前に設定しておかねばならない時限信管は、大半が突入前の高度である二〇〇〇メートルに設定されている。今回は一五〇〇からの突入開始なのだから、本来であれば、若干の一五〇〇に設定された砲弾が炸裂するだけのはず。

ましてや急降下途中の現在高度——一〇〇〇メートルで炸裂する砲弾など皆無のはずである（高度一〇〇〇は、すでに対空砲ではなく四〇ミリ機関砲の担当範囲に切り替わっている）。

「左翼端に若干の被害！」

前方から目を離せない佐々木に代わり、前島が目視結果を報告してきた。

たしかに……。

操縦桿から伝わる振動が増大している。

しかし、彗星は頑丈に造られているため、小規模の翼端被害で急降下性能が落ちることはない。そう教えられたのを信じ、そのまま突入を継続する。

その時……。

左下方で対空砲弾が炸裂し、急降下中の編隊二番機が一瞬でバラバラに分解した。

高度七〇〇を切ると、ようやく対空砲弾の炸裂が止まった。代わりに、眼下で拡大していく敵空母の両舷から、無数の機関砲弾が撃ち上がってきた。

「まだまだっ！」

爆弾投下レバーを左手で握り締め、爆撃照準器のみをにらみつける。

高度五〇〇。

「ていッ！」

ガタンと大きな音がした。

胴体下にある爆弾投下装置の固定フックが外れ、

前方へ五〇〇キロ徹甲爆弾が放りだされた衝撃だった。

敵の機関砲攻撃を回避するため、わざと右方向への離脱を実施する。

この高度では、敵の攻撃はすべて見越し射撃になるため、敵が予想する回避方向を外すことが生き延びる術となる。

「命中！　ド真ん中!!」

後部にいる前島が狂喜に近い声で叫んだ。

「こちら佐々木、編隊確認を行なう」

二番機が殺られたことは視認したが、ほかの離脱中の編隊の戦果と生存確認がまだだ。

自分自身、まだ安全ではない状態だが、これはやらねばならないことだった。

『一番機、間宮。外しました』

『三番機、雪崎。至近弾、戦果不明』

あとの応答はない……。

「四番機、井上。いるか？」

念を押すが、やはり応答はなかった。これ以上は集合地点に行くまでわからない。

「戦闘空域を離脱する」

最悪、二機を失った。

間違いなく、敵艦隊の対空砲の性能が向上している。しかも異常なほどに。これは戦闘空域を離れたら、真っ先に南雲艦隊へ報告すべきことだった。

戦闘結果は、これまでの航空攻撃で最悪なものとなった。

零戦隊四〇機中、八機喪失。艦爆隊一四〇機中、二二機喪失。艦攻隊五〇機中、一二機喪失……。

戦果は空母ホーネットに爆弾直撃二発、至近弾八発、魚雷命中二発。新型空母に至近弾二発、魚雷命中一発。重巡一隻に直撃弾一発。軽巡一隻に至近弾六発、魚雷命中一発。駆逐艦二隻に魚雷命中二発……。

　駆逐艦二隻撃沈、ホーネットと重巡一／軽巡一は大破、新型空母は中破、軽巡一小破という結果は、敵艦隊の半数近くに被害を与えたという点では評価できるが、出撃数二三〇での戦果としては最低に近い。

　とくに空母を撃沈できなかったことは大失敗といえる。

　甚大な被害を受けたホーネットだが、離着不能・速度大幅低下のため戦力からは外れるものの、戦闘後の飛行艇による偵察でも後方へ退避するため航行している姿が確認され、撃沈に至らなかったことが確定した。

　南雲側は飛鷹を失い、翔鶴も着艦不能に追い込まれている。戦術的には痛み分けだが、戦略的にはこのまま終われない結果と言えるだろう。

　むろん、これで終わる戦いではなかった。

3

二六日正午　南太平洋

「撃沈なし……か」

　小沢機動部隊との合流を急ぐ広域護衛隊。

　飛行艇母艦四隻の前方に陣取り、艦隊防衛の中心となっている旗艦——駆逐艦『峯風』の艦橋に、秋津小五郎護衛隊司令の落胆した声が響いた。

　とはいっても、いま初めて交戦結果を聞いたわけではない。

　南雲機動部隊と米機動部隊の航空決戦は早朝に終了しており、その後の第二次攻撃も実施されていないため、確報を秋津が知ったのは午前七時台のことだ。

　なのに正午を過ぎようとしている現在、もう何度めになるかわからないため息をついている。

「次の索敵情報が、機会としては最後になりますが……」

数馬秀平参謀長が念を押すように進言した。

じつはこのやり取りも、ため息の数だけ行なわれたものだ。

敵空母の一隻を戦闘不能に追いこんだものの、撃沈はゼロ……。

対する南雲機動部隊は飛鷹を失い、翔鶴も着艦不能に追いやられている。この状況は日本側として看過できないものであり、やれるなら第二次攻撃は必須の状況といえる。

だが南雲機動部隊は、全力で第一次攻撃を実施したことと着艦可能空母が二隻も減った影響で、午前中は攻撃隊の収容を采配するので精一杯……とても第二次攻撃など実施できる状況にはなかった。


かといって、別動している小沢機動部隊も、いまは使えない。こちらも二隻が戦闘不能であり、いまは安全な海域で態勢を立て直すために撤収中だ。

撤収中という意味では広域護衛隊も同様だが、広域護衛隊は襲天を一機失い、護衛艦一隻を戦列から外されたものの、航空戦力としては、ほぼ健在だ。

結果……。

南雲部隊の交戦結果がGF司令部へ届いた段階で検討会議が開かれ、午前九時過ぎには山本五十六GF長官名で広域護衛隊に対し、支援出撃の要請（今回は本当に要請）が届いた。

現在の広域護衛隊は、一時的に小沢部隊の指揮下を離れ、本来の広域護衛隊として単独行動をとっている。

この措置は、小沢部隊を最速で退避地点へ移動させるためだ。遁走するためには足の遅い広域護衛隊は邪魔なだけと、切り捨てられたに等しい。

当然、退避地点が合流地点に指定されているため、合流した後は再び小沢部隊の指揮下に入る。

したがって、現在はどこの指揮下にも入っていないせいで、GF司令部としても公式記録で矛盾が生じないよう、本当の意味で『要請』しかできないのである。

「今度の索敵は、北ガ島水上基地に緊急移動してきた在来型二式飛行艇一機と、同じく在来型九七式飛行艇一機、そして九九式飛行艇も出したそうだな」

数馬参謀長の進言をはぐらかすように秋津は質問した。

「配備数が二〇機しかない九九式までくり出してきたのですから、GF司令部も相当に焦っているようですね」

空技廠九九式飛行艇は、双発飛行艇ながら九七式飛行艇と同等の性能を誇る優秀機だったが、搭載する震天型発動機が生産中止となった余波をもろに受けて、量産打ちきりとなった機種だ。

しかし、四〇〇〇キロを超える航続距離は捨てがたいため、生産された二〇機はすべて活用されている。ただ数が少ないため、対潜駆逐仕様への改良は行なわれていない。

「前回……午前一一時四〇分の航空索敵では、たしか南雲機動部隊の南南東一一〇〇キロにいたはずだな?

ということは……依然として南雲部隊の攻撃範囲内にいることになるが、第二次攻撃隊が出る気配はない。このぶんでは、破棄もしくは分解格納せざるを得ない機が多数出たと見るべきだろう。

それらを考慮に入れると、最速で再出撃を実施できるのは夕刻だろう。しかし、夕刻には小沢部隊と合流する予定だから、襲天隊を出せる状況ではなくなる。

　たんに出撃命令を出すにしても、まず小沢部隊へ出撃伺いをしなければならないし、小沢部隊側も、作戦会議を実施しなければ作戦計画の変更ができないからな」

　小沢機動部隊と合流した広域護衛隊は、指揮系統としては小沢部隊の隷下部隊として動くことになる。現在は単独行動中のため秋津の判断で動けるが、合流すればそれが不可能となるわけだ。

　おそらく小沢長官は、合同部隊としての態勢を立て直した上で、明日の朝の攻撃に小沢攻撃隊と襲天隊の合同部隊で参加させようと考えるはずだ。

　この判断は、合流場所となっている海域が敵機動部隊から一四〇〇キロ近く離れていることから見ても、ほぼ確定的なものと考えている。

　むろん、襲天隊だけなら一四〇〇キロは問題にならない。

　あくまで小沢部隊の艦上機が届かない距離のため、小沢部隊が夜のうちに敵機動部隊を追撃した後でなければ合同出撃できないことが問題なのである。

「はい。まもなく判明すると思われる最新位置も、敵艦隊が南南東へ二〇ノット以下で移動していることを考えると、ほとんど変わらないと考えています」

　秋津は当初、被害を受けた敵機動部隊は速度低下を来したホーネットを切り放し、健在な新型空母を先に逃がすと思っていた。

　ところが午前中の航空索敵で、敵部隊が空母分離を行なわず、のろのろとした速度で南南東へ移動していることが判明したのだ。

　この異常な状況を、秋津は『先の海戦で鹵獲したワスプの影響だろうな』と適確に見抜いた。

米正規空母ワスプは、大破して航行不能となったところを日本側に鹵獲され、現在は日本近海で試験空母として実戦試験をくり返している。

鹵獲した大型空母なのだから、本来なら早々に艦隊編成へ組み入れて作戦に使いたいところだが、それが、で、き、な、い、のだ。

なにしろ、小はボルトやナットの規格から、大はエレベーターの大きさから使用する燃料の規格、ホース口の構造、ランディングワイヤーの強度、レーダーや通信アンテナの相違、艦内表記の言語や数値……ありとあらゆる日米海軍の違いが満載されている。

これを日本海軍の規格に修正するには大改装が必要で、小型空母一隻を建艦するくらいの資材・労力・期間が必要になる。

むろん修正せずに無理矢理、乗員と航空隊を編成して動かすことも可能（現在は最小の改修のみで、ほぼこの状態）だが、そうなるとこの空母で訓練した乗員と航空兵は、ほかの日本空母では再訓練しないと使えなくなる。

あれやこれやの折衷案が出た結果、当面は実戦訓練空母として運用し、もし必要不可欠な状況になったら作戦部隊へ臨時に配備する。そして、計画されている中型空母二隻が実戦配備についた段階で、本格的に日本海軍仕様へ改装するなどが決定した。

本改装の内容は、空母の機関燃料と航空燃料の給油口の日本仕様への変更、高角砲と対空機銃の換装、レーダーや無線など電波機器の交換、艦内表示の日本語化、相違点の互換表の作成のみとなっている（エレベーターは現在の仕様でも日本軍機の運用が可能と判明したため、そのまま使用する。缶室および機関は無理矢理に米仕様のまま修理したせいで、最大速度が二八ノットに落ちた）。

ともかく……。

ワスプの鹵獲がなんらかの手段で米海軍の知るところとなり、それが相当の衝撃として受けとられ、現在も『大失敗の前例』となっている可能性が高い。秋津はそう推測したのである。

そして……。

現在の状況を見ると、ワスプが鹵獲された状況に似ている。

ホーネットは航行不能ではなく速度低下を来した状況だが、もし護衛のための駆逐艦数隻を残して主部隊が遁走すれば、明日の夕刻までに日本の艦隊に捕捉されるのは確実だ。

その場合、撃沈されるのであればしかたがないですむが、もし鹵獲されれば日本側の大型空母数が、さらに一隻増えることになる。

これは、いま懸命になって新型空母を量産している米側にとっては大問題であり、今回稼動可能な正規空母が一隻、護衛空母が二隻しか南太平洋に残っていない状況では、今後の作戦運用に重大な支障を来すのは確定的となる。

かといって、現状で自沈処理するのは問題がありすぎる。

だから、なんとしても味方の支配海域まで連れて帰り、鹵獲の可能性をなくした上で、その後の処置を決めるしかない……。

もし秋津がスプルーアンスの性格と能力を知っていれば、現状の米機動部隊の行動を奇妙に思ったに違いないが、秋津にその知識がないのではしかたがない。

スプルーアンスならば、生き残ったエセックスを危険に晒すことなく、かつホーネットを安全に退避させる奇策を講じることも可能かもしれない。

そう考えるのは、どちらかというとスプルーアンス部隊の隊員たちだ。しかし現実は、もっとも愚策と思われる低速での退避を実施している。

この違和感の正体は、米海軍に所属していなければわからない。

実際、スプルーアンスはエセックスを用いて第二次航空攻撃を実施し、南雲機動部隊の目をエセックスに集中させる一方、ホーネットは主部隊の反対方向へ退避させる策を考えていた（牽制のための攻撃だから戦果は期待しない）。

この場合、実際に第二次攻撃隊で南雲部隊を襲わせるのではなく、派手に出撃風景を演出し、これを日本側の索敵機に確認させる。

実際は艦上機を温存するために離れた空域で待機させ、万が一に南雲部隊の攻撃隊がやってきてエセックスまで被害が出た場合、速やかにフィジーの陸上基地へ避難させる予定だった。

当然、退避させるのは艦爆のみで、艦戦はすべて部隊直掩に残す。

こうしておけば、南雲部隊はスプルーアンス攻撃隊を警戒しなくてはならず、ホーネット鹵獲のために駄目押しの一撃（完全に足を止めるための一撃）を実施できない。ましてや水上艦を接近させるなど論外となる。

これを夕刻まで続ければ、あとは夜の闇に紛れて、ホーネットともどもフィジー周辺まで撤収させることが可能だ。

だが、それは幻の撤収作戦となった。

スプルーアンスが参謀部と作戦変更を検討している最中に、ハワイからサモア司令部経由で、太平洋艦隊司令部の命令が届いてしまったのだ。

その命令が、いま実施されている低速退避だったのである。

「北ガ島所属の飛行艇一番機／二番機より入電。敵機動部隊はフィジー西方六九〇キロを、なおも南南東方向へ速度一九ノットで進行中」

たったいま、最新の索敵報告が届いた。

「司令、彼我の距離一三四〇キロです。これ以上離れると襲天の攻撃可能範囲を逸脱します！」

襲天の雷撃仕様での最大航続距離は三〇〇〇キロだが、行った先で対空・着水雷撃を実施するぶんの燃料を考慮すると、おおよそ片道一四〇〇キロ／往復二八〇〇キロが最大となる。

帰路に燃料が切れても着水して救援を待つことはできるが、それを最初から予定しての出撃はあまりにもリスクが高すぎて選択肢には入っていない。

「…………」

秋津が返事をしない。

「司令！　出撃準備は完了しています!!」

今度は剣崎守航空隊長が出撃を促す声をあげた。

秋津は、自分の権限で出撃させることをためらっていた。

いまの段階で出撃させても、GF司令部からの要請があるため問題にはならない。現在は広域護衛隊単独で行動中であり、意思決定権は秋津にあるし、GF司令部に恩を売るかたちになるのはメリットですらある。

しかし、もし出撃させて大被害を受けた場合、もしくは大戦果をあげた場合の双方を考えると、どちらも問題が発生する。

大被害の場合は、明日以降の連合艦隊主導の作戦に支障を来す。したがって、出撃不能と判断された時点で原因を作った秋津の責任が問われることになる。

大戦果の場合は事が面倒で、二三〇機もくり出して空母を一隻も撃沈できなかった南雲機動部隊の獲物を、ハイエナよろしくかすめ取る結果になってしまう。これはGF司令部の要請であっても、南雲部隊との確執という点では悪影響が大きすぎるだろう。

だから大戦果の場合を想定し、最低でも南雲部隊へ攻撃支援の可否を伺う必要がある。

南雲が支援してくれと願えばなにも問題ない。だが現在、南雲部隊と早急に連絡を取る方法がない。双方ともに無線封止中であり、飛行艇や通信筒を用いた連絡では時間がかかりすぎるからだ。

現状では南雲の許可なしで、勝手に出撃するしかないのである。

「……しかたがない。責任はすべて自分がとる。広域護衛隊単独での作戦を実施する。ここで米空母を見逃すほうが、あとあと問題になるからな。

襲天隊全機、雷撃仕様で二隻の敵空母攻撃を命じる。ただちに出撃せよ！」

まさに貧乏クジを引いたといった表情で、秋津は渋々命令を下した。

一五機で二隻の空母を担当するのだから、一隻あたり七機／八機に分かれることになる。

この数なら、たとえ最弱の航空短魚雷であっても、ある程度の被害を与えることができると算段しての命令だった。

＊

同時刻……。

傷ついたスプルーアンス部隊は、ひたすらフィジー諸島の南西地点めざして退避行動を実施していた。

海戦結果を受けとったハワイの太平洋艦隊司令部は、午前八時前にはニミッツ長官名で一時退避命令を下している。

『被害を受けた空母が航行可能であれば、フィジー南方まで退避させ、モアラ島の予備滑走路に退避中のスバ基地航空隊の支援下に入れ。そこで全任務群をまとめ、再出撃を実施できる態勢を固めよ』

ニミッツの命令は、あくまで艦隊構成を変更するための一時撤退命令であり、スプルーアンスが実施中の作戦を中止させるものではない。

これは当然のことで、もし全面的に作戦を中止する命令を下せば、それは米海軍が南太平洋全域の防衛を放棄すると宣言するに等しい。

これは現実的に見て『出せない命令』である。

太平洋艦隊司令部の命令は、オーストラリアに設置されている連合陸軍総司令部にも確実に届く。

その結果、オーストラリア政府も知ることになり、米豪連絡線の維持を放棄するに等しい米海軍の命令は最大級のショックを与えるはずだ。

そうではなく、南太平洋を守る作戦は依然継続中であり、新たな作戦を実施するので艦隊を再構成するため一時的に退避するのであれば、米海軍は傷ついてもなお戦う意志を捨てていないと、まったく逆の印象を与える結果となる。

つまり、ニミッツの本音がどこにあるにせよ、表むきは一時撤収と艦隊再構成しか命令できないのが現状だった。


「きわどい手段でしたが、なんとか四〇機余りのドーントレスをフィジーの予備滑走路へ退避させることに成功しました。これでエセックス単艦の航空隊運用が可能になります」

朝から必死になって空母航空隊の生き残りを算段していた航空参謀が、疲れ果てた様子でスプルーアンスへ報告しにきた。

「ご苦労だった。それでもなお、一二機のドーントレスと四機のF6Fを破棄処分にしなくてはならなかったのが残念だ」

スプルーアンスは報告書に目を通しながら、つい先ほどまでかかった空母航空隊に対する措置を思い浮かべるそぶりを見せた。

その措置とは……。

航続距離ぎりぎりで帰還してきた航空攻撃隊のうち、まず航続距離が一〇〇キロ短いＦ６Ｆから先に着艦させた。

そして、着艦直後に再出撃が可能かどうかの判断を下し、再出撃不可の機はそのまま飛行甲板から海へ捨てるという荒業を実施したのだ。

再出撃可能なＦ６Ｆはただちに格納庫へ入れ、代わりに直掩予備として艦内に温存していたＦ６Ｆを甲板に上げ、着艦作業を一時停止して離艦させた。

これをくり返すことで、格納庫内にあった予備のＦ６Ｆ二〇機すべてを上空に上げた。これにより帰還してきたＦ６Ｆを収容することができた。

次に、ドーントレス爆撃機も同様に着艦させ、不良機は破棄、再出撃可能な機は甲板前方で給油させた。その数が三〇機に達した時点で着艦作業を中止し、甲板上のドーントレスを甲板後部まで移動させ、ただちに発艦させた。

この作業はきわめて危ういタイミングで行なわれたため、最終的に六機のドーントレスが燃料切れで着水、二名が死亡するという惨事を巻き起こした。

なお、離着艦不能となったホーネットの格納庫にも二〇機のＦ６Ｆが入れられたままだが、これはクレーンを用いて艦外へ移動させるしかないため、当面は役立たずとなる。

最終的な残存戦力は、エセックスの格納庫と飛行甲板に収容できた一一八機のみだ。

内訳はＦ６Ｆが四八機、ドーントレスが七〇機となっている（うちＦ６Ｆ二〇機は、現在直掩に上がっている）。

この数と構成であれば、今後も継続的に直掩一四機を二交代で飛ばせた上で、Ｆ６Ｆ二〇機／ドーントレス七〇機の第二次攻撃隊を編成できる。

問題は、今後の作戦行動に邪魔なだけのホーネットを、いかに安全かつ確実に離脱させるかだ。

これに関して、スプルーアンスは危険を覚悟の上でホーネットを早期分離させ、フィジー諸島南東にあるモアラ島付近へ退避させるプランを実施するつもりだった。

それが太平洋艦隊からの上位命令が届いたせいで、退避目標こそ同じだが、全艦揃って移動するハメに陥ってしまったのである。

「しかし……日本側がすぐさま第二次攻撃隊をくり出してこなかったのは幸いでした。複雑な航空隊収容作業の最中を襲われたら、下手をすると空母二隻を失う可能性もありましたから」

心底からそう思っているらしい航空参謀が、大袈裟に安堵の表情を浮かべた。

「その可能性は低かった。敵も一隻の空母を失い、一隻は飛行甲板に被害を受けている。つまり最低でも一隻ぶん、最大では二隻ぶんの航空隊が帰る場所を失ったわけだ。

しかも日本側の場合、我々と違って収容しきれない航空隊を退避させる場所がない。ガダルカナルへ退避させたくとも航続距離が足りないからな。

となると彼らも、我々が把握している撃墜数を上回る機を失っているはずだ。そして日本海軍の場合、合衆国海軍より戦力の温存を強いられている。しかも今回、すべてが新型機だ。

まだ在庫もろくにない新型機をみすみす海へ捨てるなど、日本海軍としては断腸の思いを味わっただろう。当然、可能な限りの機を収容しようと苦心惨憺(さんたん)したはずだ。我々以上にな。

結論を言えば空母の収容状況は、日本側のほうが我々より酷(ひど)いことになっていると思う。おそらく無事な空母の飛行甲板にも、ぎりぎりまで載せているはずだ。その状況では、直掩機の交代すら難しい。

　となれば、なんとしてもガダルカナルへ一部の機を退避させ、強引に再出撃が可能な態勢へもっていくしかない。

　それから……日本側にはもう一個の機動部隊がいるが、あちらも似たような被害を受けて収容先にはならないから、我々の第18任務群と同様、ともかく後方へ退避して航空隊の整理をしないと再出撃できない状況にあると思われる。

　つまり、今日の夕刻までは双方とも航空隊が足(あし)枷(かせ)となり、作戦実施が不可能な状況にあるわけだ。

　ただ……敵の飛行艇が交代で長距離索敵を実施し、依然として我々を監視し続けているところを見ると、いつになるか不明だが、いずれ仕掛けるつもりなのだろう。それを、私は明日の朝と読んでいる。

　今日の夕刻は我々でも無理だから、敵はなおさら無理と考えるべきだ。むろん万が一に備えて夕刻の艦隊防空は実施するが、おそらく攻撃はないだろう。

　となると、我々は明日の朝までになんとしても、モアラ島の航空隊の守備範囲まで逃げ延びなければならない。基地航空隊の支援があれば、明日の朝以降の艦隊防空は格段に楽になる。だが……」

　最後になって、スプルーアンスは言葉を濁した。

　もし南雲機動部隊が夕刻の第二次攻撃隊をくり出すのなら、最低でもスプルーアンスが逃走した距離を追撃しなければならない。

　南雲部隊は早々に被害空母を分離するだろうから、追撃速度が低下することはない。となれば、速度低下を来しているスプルーアンス側のほうが不利だ。

しかし、南雲部隊が航空隊を発艦させるためには、二隻に減った空母の飛行甲板をクリアにしなければならない。それを完了するのにスプルーアンス部隊より時間がかかっていれば、たとえ追撃速度がまさっていても夕刻までに追いつけない……。

スプルーアンスは、ここまで時系列に沿って双方の艦隊状況を動的にシミュレートし、夕刻の航空攻撃はないと結論したのである。

「フィジーの主力航空基地が使えれば、いま頃は基地航空隊の支援範囲に入っているはずでしたが、被害を受けた滑走路の修復には今日一杯かかるそうですので、重ね重ね残念です」

航空参謀はそう言ったが、そもそもこの状況を作るために、無理をして南雲部隊はフィジーに対する航空攻撃を実施したのだ。

それがいまになって効果を出しているのだから、これは日本側の作戦勝ちである。

「こっちが策を講じるのと同様、敵もあれこれ仕掛けてくる。いまのところは我々が一手遅れているが、結果は予測範囲内だから、まだ大丈夫だ。

夕刻の航空攻撃もなんとか回避できる。我々が艦上機の破棄を簡単に決断できたのは、米本土での量産計画を知っているからだ。日本側が同じ程度の決断で破棄を実施できるとは思えない。

ぎりぎりまで算段し、あれこれ苦労して収容し、それでも入りきれない機だけを破棄したはずだ。物量の差は、こういった時に残酷なほど判断を左右する。

苦労するだけ時間を食ってしまう。我々はすでに航空隊収容問題を解決しているが、日本側は最低でも同等以上の時間……いや、航空攻撃のタイミングを考えると、二〇分ほど日本側が遅かったから、この二〇分を足したぶんだけ、我々以上に収容問題に時間を費やしたと考えるのが妥当だろう。

そう考えると、夕刻に再出撃できる可能性はかなり低くなる。できたとしても、かなり数が少なくなる。おそらく……我々にダメージを与えられる数を出せないだろう。

日本側としても無理を強いて夕刻に出撃させるより、充分に時間を費やして再出撃の準備を整え、明日の朝に準備万端整えて出撃させたほうが得策だ。明日の朝ならガダルカナルに余分な数を退避させられるから、適数での出撃が可能になるだろう。

しかも明日の朝であれば、もう一個の機動部隊と合流して、さらに戦力を増して出撃することもできる。これは我々も同じだから、おそらくそうなるだろう」

スプルーアンス部隊は、ともかくモアラ島近辺まで退避した上で、第17／18任務群と合流する予定になっている。

そうすれば、スプルーアンスが使える空母はエセックスと護衛空母二隻となり、艦上機も五〇機ほど増える。さらにはモアラ島にいる基地航空隊も使える……。

この状況を見た日本側が第二次攻撃を諦めるのであれば、それはそれで大歓迎だ。

しかし、スプルーアンス部隊の航空戦力が健在なあいだは、日本側は米豪連絡線を遮断できない。となれば、遅くとも明日の夕刻までには仕掛けてくる。

問題は……。

スプルーアンスは、先ほど途中で黙した続きを喋るような感じで口を開いた。

「……問題は、どこにいるかわからない例の小型飛行艇部隊だ。いまの状況では、とくにホーネットが雷撃を受けるのは最悪の事態へ繋がる。

たとえ超小型の航空魚雷であっても、集中攻撃を受ければ、ダメージの累積により大被害に繋がることが判明している以上、すでにぎりぎりまで疲弊しているホーネットには脅威となる」

やはりスプルーアンスは広域護衛隊の襲天を警戒していた。そして、いまの口振りを見る限り、なんらかの対策を練っているような感触がある。

果たして……。

護衛総隊の基本方針まで曲げて襲天隊を出撃させた秋津司令の決断は、本当に正しかったのだろうか。

しかし、もう事態は止まらない。

すでに襲天隊は出撃態勢に入り、いま頃は全機が発艦した後のはずだ。

互いが知略の極みを絞り、己の作戦を成功させようとあがく。そのようなぎりぎりの状況にあっては、ほんの些細な人間の判断が大勢をくつがえすこともある。

それがスプルーアンスの判断か、それとも秋津の判断なのかは、まだ運命の女神しか知らないことだった。

4

二六日午後四時　フィジー西方海上

「たしか、このへんのはずなんだけどな……」

後部操縦席に座る三国惣吉が、自信なさそうな声で前席の菊地に呼びかけてきた。

午後三時過ぎに二式飛行艇が敵機動部隊を現認した地点に到達したものの、高度一〇〇メートルからの視認可能距離は限られている。

高度を一〇〇〇まで上げれば絶対に見つけられ

るのはわかっているが、同時に敵の直掩戦闘機にも発見される可能性がきわめて高い。

雷撃に入る前の段階で襲天が敵の新型艦戦に見つかれば、まず生き残れない。

そこで敵艦のレーダーに捕捉されにくく、なおかつ敵直掩がカバーしている高度一〇〇〇前後からは見つかりにくい低空を飛行してきたのだ。

『当方、八番機。左翼一〇時方向に敵空母！』

短距離無線電話を通じ、菊地のヘッドホンに敵空母発見の報が届いた。

「八番機が見つけた！　ええと……ここからだと九時二〇分方向だ」

現在の襲天隊一五機は、低空での敵艦隊発見を最優先するため、各機二〇〇メートルの間隔を開けて半円状の弧を描いた編隊を組んでいる。

『こちら白羽。一番編隊は発見した空母へ向かう。二番編隊は二隻めの空母を発見次第、ただちに雷撃しろ！』

今回の陣容は、白羽率いる一番編隊が七機、御子柴清人黒洋飛行分隊長が率いる八機が二番編隊を構成している。

目標を二隻の空母に絞り、ほぼ同時に左舷もしくは右舷後方から斜行陣で超低空進入、距離七〇〇メートルで接水雷撃を仕掛ける予定になっている。

編隊全機が斜め一列に並ぶ斜行陣での雷撃は、可能な限り短時間で一斉に雷撃を実施するためだ。

もっとも簡単に同時攻撃を実施できるのは平行陣だが、この陣形で接水雷撃を実施すると離脱時の離水コースがきわめて狭い範囲に限定され、なおかつコースの変更も無理となる。これは敵から見れば狙ってくださいと言っているようなものだから選択できない陣形である。

その点、斜行陣での雷撃は全機同時雷撃が可能で、しかも雷撃後の脱出コースも開けている。なお、敵の強力な直掩機に狙われている状況での強行雷撃だから、順次雷撃は最初に却下された。

「雷撃態勢に入る」

ここからしばらくは三国に任せるしかない。

菊地にできることは、前方に敵機が割り込んだ場合や敵艦の機銃掃射を牽制するため、機首に固定された四挺の一二・七ミリ長銃身機銃を撃つことくらいだ。

白羽隊と名付けられた一番編隊が、見事な四五度右斜行陣を形成しつつ、高度一メートルという超低空で敵空母へ接近していく。

「距離、一〇〇〇！」

三国の声が震えている。

あと三〇〇……。

前方に巨体を横たえている敵空母は、おそらくホーネットだ。菊地も、叩き込まれた艦影表で見た形に見覚えがあった。

「……菊地、撃てッ!!」

突然、三国が大声で叫んだ。

「えっ？」

まだ距離は九〇〇くらいある。

ここで接水すると斜行陣が完全に崩れてしまうはず……。

「敵機だ。撃て！　緊急離脱する!!」

反射的に魚雷投擲（とうてき）レバーを引いた。

——バリバリバリッ！

ほぼ同時に衝撃音が鳴りわたる。

「あうっ！」

菊地は、鈍器のようなもので頭頂部を殴られたような気がした。

一瞬、意識を失う。気絶する直前に、前方にある機銃用照準器が粉砕されるのが見えた。

「菊地!!」

三国の声で意識を取りもどした。

周囲に風が吹き荒れている。前方にあった空母はすでになく、右斜めに傾いだ海面が見えていた。

「……なんだ？」

「後方左上空から敵機の銃撃を食らった。左翼に数発。左翼燃料タンク破損のため、主タンクに切りかえた。発動機上部にも食らったらしいが、どうやら防弾板で防げた。

操縦席も被弾している。後部風防前方が破砕、その弾が貴様の席の後ろ上部を貫通したようだが、大丈夫か？」

大丈夫もなにも、一瞬気絶させられた。

自分でも被害の程度がわからず、思いきって飛行帽の中に手を入れてみる。

「うわわっ！」

出血を感じさせる、ねっとりとした感触……。

引き抜いた左手の手袋は案の定、真紅の血液で染まっている。

「や、やられた……もう駄目かもしれん」

「ばかやろ。敵の機銃弾は一二・七ミリだ。直撃を食らったら頭の半分が吹き飛んでいる。たぶんかすったか至近弾が通過した衝撃を食らっただけだ。前のほうを見てみろ。どこかに着弾しているはずだ」

三国にしては筋の通った言い分だった。そのせいで、少し動転していた思考が冷静さを取りもどす。

「あ……射撃照準器が壊れてる。こりゃ駄目だ」

「わかった。ともかく離脱する。雷撃は実施したんだから任務達成だ。命中判定はほかの機がやってくれるだろ」

いまも敵機に狙われている可能性が高いため、三国は身軽になった襲天を巧みに操り、あまり上昇せずにひらりひらりと機体を翻している。

高度を上げないのは、まだ敵艦隊の対空砲火が有効な場所だからだ。

超低空での離脱であれば、敵艦の上甲板の水平以下を飛ぶことになる。この位置を狙えるのは、自由度の高い単装機銃だけだ。

米艦に設置されている多数の単装機銃は、主に七・七ミリと一二・七ミリ。これさえ気をつければ逃げることができる……。

実際問題、襲天隊は運がよかった。

スプルーアンス部隊が保有しているVT信管砲弾はすべて対空砲用であり、まだ機銃用は開発されていない。

絶大な威力を発揮するVT信管も、現時点では高度一〇〇〇メートルから四〇〇〇メートル付近を飛行する敵機にしか使用できないのである。

この現実が、襲天隊を救ったと言える。反対に南雲部隊の艦上機にとっては不幸だった。


「……痛えよ」

「我慢しろ。いつもは冷静な菊地も、やっぱ人の子だったんだな」

「うるさい……」

結果的に接水雷撃ではなく超低空雷撃になったせいで、菊地機は一番編隊からはぐれてしまった。

そのせいかどうかは知らないが、敵機はなおも雷撃コースを驀進する一番編隊に集中したため、雷撃を終了した菊地機は無視される形になったらしい。

周囲に敵機がいないことを確認し、次に敵艦隊の輪形陣の外に出たあと、三国はようやく高度を上げる操作に取りかかった。

だが、機体はじれったいほど高度を上げてくれない。

「あー、どうもこりゃ、発動機のどっかが壊れてるっぽいな。どうやっても回転が上がらん……」

三国がさほど深刻そうには聞こえない声で言い放つ。

「飛べそうか」

途端に菊地は不安になった。

大きく分けて三個ある燃料タンクのうち、左翼の一個が完全に使えない。右翼の燃料は、ここまで飛んでくるあいだに使っているから、残りは少ししかない。

そこで三国は主フロート内の燃料タンクに切りかえたらしいが、ここにきてエンジンまで不調になると、果たして帰投できるか不安になったのだ。

「いま飛んでるだろうが。とはいえ……燃料もだけど、左翼が危うい。もしかすると速度があがると、三分の一くらいもげるかもしれん。そうなると飛ぶために発動機の出力を上げないといけないけど、上がるかどうか……」

「上がらなかった場合は、どーすんだよ」

「その時は燃圧を上げて、可能な限り低空を飛ぶしかない。いまの回転数なら維持できそうだから、高度一〇メートルで飛行するかぎりは、いまんとこ大丈夫だ。

だけど……そうなると、今度は燃料が足りなくなると思う。現状の残余燃料は、高度二〇〇〇以上で三〇〇キロ巡航してなんとかもつ程度だから、それ以上燃料を食う飛び方をしたら、母艦に到着する前に燃料切れになる」

「おいおいおい……俺、負傷してんだけど!? 着水漂流なんてごめんだぞ!!」

頭頂部の傷の具合が自分ではわからないだけに、長時間放置を余儀なくされる着水漂流だけは避けたい。

しかし肝心な時に不幸が襲うのは、なかば菊地の運命みたいなものだ。

日頃から身分不相応な幸運に恵まれているぶん、

不幸もここぞという時に襲ってくる。幸運と不幸は差し引きゼロになることを、いま菊地は痛いほど味わっていた。

『一番編隊長より各機、菊地機が離脱して行方不明だ。菊地、聞こえていたら状況を知らせろ。なお、一番編隊はホーネットへ三発命中させた。そのうち一発は菊地機だ。わかったら返事しろ！』

白羽が心配して、よけいな言葉まで足して呼びかけてきた。

「こちら菊地機。被弾して緊急離脱したため、距離八〇〇付近で魚雷を投擲しました。機体の損傷は大きいものの、なんとか飛行可能です。自分も負傷しましたが、いまのところ生きてます。

ただ燃料タンクを撃ちぬかれたため、おそらく帰投途中で着水せざるを得ないと三国が言っています。可能な限り母艦近くまで飛ばせるつもりですが、帰投地点までは無理と思ってください」

この報告が菊地たちの生死を決める。

そのため限られた時間ではあるが、可能な限り詳しく報告した。

『了解した。着水した場合、直後に電信で位置を報告しろ。電信は電池が切れるまで、定期的に発信すること。なお、一〇分に一回程度でいいから、無線電話でも呼びかけを続けろ。必ず助けるよう、各方面に連絡しておく』

攻撃を終えた襲天隊も、被害がない機はまだ燃料に余裕がある。ただ搭乗員が二名のため、たとえ菊地機の近くに着水しても収容する場所がない。

そこで白羽は、位置の確定は襲天隊も使用するが、救助自体は水上艦や大型飛行艇で実施できるよう事前要請してくれるらしい。

「感謝します。よろしく頼みます」

この言葉だけは心底からのものだった。

『こちら御子柴隊。もう一隻の空母を発見。これより雷撃に入る』

　ホーネットを捕捉したのだから、近くにもう一隻の空母もいる。

　それを確信しての低空索敵を実施していた二番編隊が、ついに敵空母を発見したらしい。

　御子柴の発見報告に対し、白羽は返電を送らなかった。すでに一番編隊は全機、雷撃を終了して離脱態勢に入っているはずだ。

　自分たちが被弾したのだから、ほかの機にも被害が出ている可能性はあるが、少なくとも白羽の呼びかけは菊地機に対してだけだったから、ほかに消息不明機は出ていないと思った。

「戦闘空域を離脱した。菊地、寝てていいぞ。できるだけ安静にしてろ。なんかあったら声をかける」

　三国のやさしさが気持ち悪い。

　もっとも……。

　三国からすれば、着任して初めての同僚負傷なのだから、心配するなというほうが無理だろう。

「ああ、でも眠らないよ。無線が生きてる限り、やることはあるからな」

　とりあえず、首にまいたスカーフを飛行帽の中に押し込み、少しでも止血の足しになるようにした。それが終わると、ヘッドホンの傾きを変えて損傷部位を避ける。

　喉が渇いたのでサイダーを飲みたかったが、果たして出血している状態で水分を取っていいものかわからなかったので、しかたなく諦める。

「早く帰りたいな」

　ぼんやりと考えたことが、無意識に声になって出た。

「俺が帰してやる」

　後席から三国の心強い声が届いてきた。

　よろよろと低空を飛ぶ、傷だらけの襲天……。

それもまた戦場においては普遍的に発生する、
ごくあたり前の光景だった。

第2章　諦められぬ戦い

1

一二月二六日　フィジー近海

午後四時過ぎ……。

スプルーアンスのもとへ、最終的な被害報告が届けられた。

「航行不能になったホーネットを自沈処理しました。エセックスは左舷に四発の小型魚雷を受け、そのうちの一発が左舷側推進軸に命中……舵の一部破損もあって、二〇ノット以上は出せません。ほかの艦に被害はありませんでした」

ここは重巡ポートランドの作戦会議室。

まるで自分がしでかした失態であるかのように、参謀長が申しわけなさそうな声で報告している。

スプルーアンスは、あい変わらずフィジー近海の海図をにらみつけたままだ。

会議といっても長官と参謀長、作戦参謀、航空参謀、航行参謀の五名しかいない。ようは部隊司令部のトップだけで集まって、作戦を変更する必要があるかどうかの検討を行なう会議である。

報告を聞いても、スプルーアンスの表情は変わらない。

彼にしてみれば第一報の段階で被害は想定済みであり、いま確報を受けても自分の想定を確認する程度の意味しかないのだ。

「第17任務群に命令を下す。今夕、敵水上艦部隊によるフィジー沿岸砲撃の可能性が高くなった。ゆえにフィジー沿岸から南南西五〇キロ地点に移動後、日没を待て。

もし日没後、敵艦隊が北西海域より接近して砲撃を開始した場合、ただちに北上して敵艦隊側面から砲撃戦を仕掛けろ。その場合、距離三五キロから射撃レーダーを使用することを厳命する」

空母決戦は痛み分けに持ちこんだ。

痛み分け自体は想定内だったが、ホーネットを失ったのは痛い誤算だ。想定では、二隻の正規空母のうちの一隻が離着不能になるのは容認できるとあったが、まさか自沈させることになるとまでは思っていなかったのである。

またしても例の小型飛行艇部隊にしてやられた。

さしものスプルーアンスも、まさか戦闘機の護衛なしに、飛行艇部隊のみで攻撃してくるとは思っていなかった。

むろん飛行艇単独での攻撃も、一度はシミュレート対象になった。

だが、単独で味方直掩隊が守る機動部隊を攻撃すれば甚大な被害を受けると結論し、さすがに連合艦隊もそこまでは無茶をしないだろうと、実際の戦術想定から除外していたのだ。

だが、日本側は被害を覚悟の上で強行してきた。

この誤判断はスプルーアンスの頭脳が優秀すぎるせいで、時として戦場では『常識を逸脱して、戦略的判断より戦術的判断を優先することがある』という、愚策の極みが現実のものになる事実を想定できなかったためだ。

凡人は恐怖などの感情により、時として予想外の判断を下す。

スプルーアンスは、感情で策を変えたことは一度もない。そして、彼が想定している連合艦隊の策士も、自分同様に愚かな判断など下さないと確信していたのだ。

だが、山本五十六の懐刀である黒島亀人は、凡人ではないものの奇人変人の部類に入る異端者である。

相手がスプルーアンスと想定した段階で、裏の裏をかく戦術を展開することも状況ではあり得ると考えていた。いや、裏の裏どころでなく、将棋の先読み同様、どこまでも相手の想定をくつがえす策をシミュレートし続けるのである。

こういった先読み合戦においては、どうしても守勢より攻勢のほうが仕掛けやすく、守勢は受けてたつ立場のため後手にまわりやすい。

その差が、ここで出たことになる。

これは天才だからこその失態であり、つねに天才が正しい判断をするわけではないという証明である。


「速度低下を来したエセックスですが、飛行甲板は無事ですので、合成風速の条件さえ満たせば出撃可能です。今夜にも合流する第18任務群の護衛空母二隻を加えると、明日の朝以降、おおよそ一六〇機態勢で継戦が可能となります」

スプルーアンスが気落ちしているのではないかと勝手に判断した航空参謀が、まだ戦う力が残っていると力説した。

「敵空母との戦いは、いったん中止だ。たしかに、あと一回か二回の出撃は可能だろうが、次に被害を受けると空母全滅もありうる。この状況は敵も同じだが、敵は今後も、我々を警戒しつつ作戦を進めなければならない立場にある。

いや……なまじ空母の航空戦力が残っているからこそ、作戦を中止することができない状況に追い込まれたといったほうが正しい。

これまでの日本軍の諸島攻略戦を参照すると、

作戦を次段階へ進めた場合、今夜から明日にかけて、戦艦を含めた水上打撃艦隊がフィジー沿岸を砲撃し、明日以降に上陸作戦を実施するはずだ。

　敵が上陸する時、フィジーの味方陸上航空戦力による阻止は期待できない。そのための事前砲撃なのだから、敵はこれまで同様、徹底的に滑走路を破壊した後でなければ上陸作戦を実施しないだろう。

　だから残された味方航空戦力は、敵の上陸部隊を阻止するために使うことになる。ただし、上陸阻止に用いる航空戦力は陸上基地所属のものだけだ。

　我々の空母艦上機は、上陸作戦を実施中に敵機動部隊がどう動くかで対処方法が決まるため、どう相手が仕掛けてこようと大丈夫なように待機しておかねばならない。

　それを可能とするため、第18任務群を合流させた我々はフィジー南東四八〇キロに移動し、モアラ島の陸上航空隊の戦闘機の支援下にはいっている。

　当然のことだが、もし敵がモアラ島の予備滑走路まで破壊しようと攻撃を仕掛けてきた場合は、こちらも全力をもって阻止しなければならない。すべての防衛策がモアラ島の健在を大前提としているのだから、これは絶対事項となる。

　また……今夜に、敵艦隊による対地砲撃が実施されない場合、日本側は攻略目標をフィジーからサモアへ変更した可能性も考慮する必要がある。

　ただ、この可能性はかなり低い。どちらかというと、サモアへ目標を変更したと見せかけ、我々の誤判断を誘う策を展開しはじめたと見るのが正解だろう。

　そこで今夜の攻撃がなかった場合、第17任務群は明日の日中いっぱい、いったんモアラ島の支援範囲内まで下がり、明日夜以降の敵襲に備えることにする。

我々はフィジーとサモアの中間地点まで下がり、サモアの陸上航空隊の支援を受けつつ、サモアとフィジー双方に対する敵空母航空隊に対処する。

敵の小型飛行艇部隊に関しては、報告を受けた限りでは飛来した一五機のうち二機を撃墜、六機以上に銃撃被害を与えたとなっている。

ここまでダメージを与えれば、近日中に再出撃できる機は七機以下となり、もはや今回のような単独攻撃は不可能になったと判断すべきだろう。むろん連合艦隊が作戦を中止しない限り、いずれ補充されるのは間違いないが。

つまり、我々にとって最大の懸念であった敵飛行艇部隊による予測不能な被害は、少なくとも今日から数日間は想定しなくていいわけだ。これは朗報と受けとるべきだろう」

菊地は確認できなかったが、二機が撃墜されていた。さらには銃撃被害も六機以上。

部隊の半数以上が被害を受けたのであれば、たしかに作戦続行が難しくなる。これでは強気のGF司令部も出撃要請を出せないはずだ。

「サモアには、急派されてきた海兵一個師団が守りについています。既存戦力を加えると二個師団相当になりますので、もし敵の上陸を受けても撃退できると判断します。

それでも日本軍が諦めず、第二次、第三次の上陸作戦を実施しても、一ヵ月以上耐えられるとの言質を受けています」

作戦参謀が、サモア上陸の場合は長期戦になると進言した。

これは暗に、スプルーアンス部隊をいったんサモア後方まで下げ、可能な限り増援艦を追加した上で仕切りなおすべきと進言しているに等しい。

「下がるのであれば、ハワイまで戻ってエセックスを補修すべきだ。同時に護衛空母の追加も必要になる。

それができないのであれば、中途半端な後方退避はデメリットしかない。そして、南太平洋をめぐる政治的状況を鑑みると、いま我々がハワイへ戻る選択肢はあり得ない。

我々がハワイに戻るとすれば、それは交代としてハルゼー中将が新たな任務部隊を編成して南太平洋へやってくる時になる。

それまでは、たとえ一部の艦のみになろうと、第7任務部隊は南太平洋の守り神として存在し続けなければならない」

作戦参謀の進言は一言のもとに却下された。

なぜいまハルゼーではなく、スプルーアンスなのか。それはこの戦いが、軍事的判断ではなく政治的判断を優先しなければならない性質のものだからだ。

それが理解できない作戦参謀には、もとから理解しがたい状況だった。

「では明日の朝まで、いま言った作戦で行動する。以上だ」

自分の部隊が中心の作戦は、いったん終了する。しかし、スプルーアンスにはまだ『南太平洋の政治的状況を変化させせない』という最優先すべき目標が残っている。

この目標が達成されるためには、連合艦隊の大部分が一時的にせよ撤収しなければならない。

だが今後の予想では、最悪フィジーかサモアのどちらかを取られるとなっている。

その場合、取られた諸島の奪還を成功させなければ、スプルーアンスの勝利条件を満たせない……。

反面、敗北条件も曖昧となる。

スプルーアンスにとっての敗北は、米豪連絡線を完全に遮断されることだ。この状況が長期化すれば、連合軍が太平洋において全面敗北する可能性すら出てくる。

まさに講和どころの話ではなく、連合軍が日本軍の軍靴に踏みにじられることになるのだ。そして太平洋での敗北は、中短期的にはヨーロッパ方面における枢軸軍の有利に働く。

この場合、ヒトラーが誤判断をしでかさない限り、第二次世界大戦において連合軍が敗者となる可能性が飛躍的に高まってしまう。

たとえ合衆国本土が安泰であっても、連合軍の政治的状況が終戦にむけて傾けば、不利な状況での講和は充分にあり得るからだ。

そうなれば、政治的に不安定なイタリアはともかく、ドイツと日本が世界を制覇することになる。

つまり、スプルーアンスの完全敗北は、最悪だと第二次世界大戦の全面敗北へ繋がってしまうのである。

スプルーアンスとしては、そうなる前の段階で戦局を固定し、時間を稼いでハルゼーによる反攻作戦にバトンタッチしたい……そう思っている。

来年の夏以降までこの状況を維持できれば、猪突猛進だが、戦力さえあれば強引に戦局を切り開けるハルゼーの出番となる（当然のことだが、半年の空白期間内に戦術的理由による小規模な戦闘が発生する可能性はある）。

そうなれば、自分は補佐にまわることができる。

そこまで考えての作戦判断だった。

＊

二六日夜。

「無事に帰ってこれたんだから文句言うな」

二六日も過ぎようとする頃……。

集合海域において小沢機動部隊と合流を果たした広域護衛隊のところへ、一機の二式飛行艇がやってきた。

「でも……」

叱責したのは航空隊長の剣崎守大尉で、不満を口にしたのは菊地である。

場所は遠洋の飛行隊控室。菊地のとなりには三国も立っている。

二人はあの後、フィジー西北西九二六キロ地点まで自力で飛行したものの、そこであえなく飛行不能となり着水した。

そして、待つこと一時間……。

ガダルカナルのイオネ補給基地から夜間の広域索敵と対潜哨戒に出ていた二式対潜飛行艇が、菊地の呼びかける短距離無線電話に応答したことで、無事に着水しての救出となった。

ただし救出できたのは人間だけで、被弾した襲天は無念の自沈処理となった。

これらは、条件付きだが夜間飛行能力のある対潜飛行艇がいたからこそできたことであり、改装前の各種飛行艇では襲天との正確な連携が難しく、下手をすると救出できなかった可能性もある。

「今回の戦闘で、襲天飛行隊は三機を失ったんだぞ。撃墜されたのが二機で、あとは貴様らの機だ。被弾機は七機。うち再出撃できない機が二機……つまり、再出撃可能機は一〇機となる。

さらにいえば、被害を受けた護衛艦も一隻、カビエンに帰している。本来なら部隊ごとカビエンへ戻り、本格的な再編を行なわなければならない状況といえるだろう。半端な数だと作戦支援に支障を来すだけだ。

ところが夕方に、連合艦隊司令部から小沢機動部隊に対し、広域護衛隊と合流後、南雲機動部隊との合流地点へ急行しろって命令が届いた。

まあ、これは作戦予定通りの命令なんだが、状況が状況だけに変更されると思ってたんだがな。

でもって貴様たちも知っての通り、現在の広域護衛隊は小沢機動部隊の護衛戦隊として指揮下に組み入れられている。

つまり、部隊指揮権は小沢長官にあり、小沢部隊への最高指揮権は連合艦隊司令部が握っている。そこからの作戦続行命令が届いた以上、俺たちに拒否権はない。

現在の広域護衛隊ができることといえば、イオネ補給基地に移動してきているカビエン陸上飛行艇隊から二機の襲天を呼び寄せることと、カビエン基地に保管してある二機の予備機を組み立て、急いでラバウル・イオネ基地経由で合流させることだけだ。

その命令は、連合艦隊からの命令が届いた直後、秋津司令がイオネ基地とカビエン基地に対し下している。

だから、そろそろイオネ基地の二機が到着するはずだ。とりあえず一七／一八番機のまま、欠員の出た飛行分隊に配備する。明日の昼過ぎには、カビエンからの機も届くだろう。

この措置により、明日の夕刻までに新たに四機が作戦に参加することになる。代償としてカビエン所属の陸上機と予備機が皆無になるが、これは日本本土から追加機の補充がない限りどうしようもない。

また、イオネ基地の襲天も目減りするが、あちらはラバウル陸上襲天隊と大型飛行艇隊および対潜水上機で頑張ってもらうしかない。

なお、小沢／南雲機動部隊で被害を受けた翔鶴と龍驤は、北ガ島基地への補給任務のためガダルカナルに来ていたトラック基幹護衛分隊が、帰路のついでにサイパンまで送り届けることになった。

だから、そう不満そうな顔をするな。なにも貴様らを遠洋飛行分隊から外すとは言っていないんだから。

あくまで陸上飛行艇隊への編入は、作戦実施中だけの臨時措置だ。撃墜された欠員番号機二機については訓練隊から補充されるが、貴様らは戦死したわけじゃないから、新しい機体が届き次第、もとの二番機として復活させることになる」

「でも、それって後日になってのことですよね。今回の作戦では、もう自分たちの出番はないってことじゃないですか」

菊地の不満は、これで自分たちの出番がなくなったことに対してだった。

「……三国が言うならともかく、負傷した貴様が言うか？　馬鹿言ってないで、一日も早く頭の傷を治すことに専念しろ。本当ならノシつけてカビエン基地に送り返すところなんだぞ。

しかし、作戦が続行されるとなると話は違ってくる。今後、機体は再出撃可能だが乗員は負傷したといったことがあるかもしれん。その場合、貴様らが控えの飛行隊員として該当機に乗ることになる。

飛行艇母艦の飛行隊には、各機それぞれ二名……総数八名の予備飛行隊員が乗り込んでいるが、彼らは今回編入される四機のうち、欠員のある二機へ乗り込むから予備飛行隊員が半減してしまうんだ。貴様ら二人は、その補充要員となる」

「陸上飛行艇員は機体を運んでくるだけですか」

てっきり予備員ごとの交代と思っていた菊地は、意外だと声をあげた。

「ああ、彼らは機体を届けた後、近日中に北ガ島基地経由でカビエンに帰還させる。大型飛行艇が毎日広域索敵に出ているから、帰りの駄賃に乗せてもらえるのは助かるな。

おっと、話がそれた。ともかく、連中は母艦からの発艦と収容訓練をしていないから、いきなり実戦でやれといっても無理だ。下手をすると、母艦だけでなく護衛隊全体の足を引っぱることになる。だから使えない。

となると、最終的に一四機態勢になる飛行隊には、貴様らを含めても六名……三機ぶんの交代要員しかいないことになる。

今後、三機以上の喪失もしくは三機ぶんの欠員が出れば、たとえ機体があっても飛ばせない異常事態になるわけだ。

この異常事態を少しでも緩和させるための貴様ら残留なんだから、いまやることは、傷の回復と被害子細報告の早急な提出になる。わかったな！」

結果的に……。

撃墜されたのは、蒼洋飛行分隊六番機と黒洋飛行分隊一〇番機だった。

出撃不能になったのは、遠洋飛行分隊四番機／飛洋飛行分隊一四番機、そして菊地たちの二番機も喪失機となっている。

まさに満身創痍といったところだが、それでも作戦続行を強要してきたGF司令部にしてみれば、もはや襲天隊なしでの作戦遂行など考えられないといったところか。

米側の具合がどうなっているのかは曖昧としているが、少なくとも日本側は、明日一杯は小沢／南雲部隊の合流（かたちの上では一時的な第一機動部隊への編入となる）にかかるため、空母を用いた機動作戦は行なえない。

ただ、合流作業を行ないつつも、ある程度までの航空隊の出撃は可能だ。

合流後は南雲が指揮を執り、小沢は副官として重巡筑摩に乗り込む（翔鶴離脱により瑞鶴が部隊旗艦に指定された)。

臨時編成される第一機動部隊は、空母戦隊が瑞鶴／隼鷹／龍鳳となり、零戦四三型四二機／零戦三二型二〇機／彗星二八機／九九艦爆三〇機／天山一二機／九七艦攻一〇機……総数一四二機となる。


ずいぶんと目減りした状況だが、撃墜された機以上に、被弾による出撃不能と空母着艦不能による破棄が相当数あったせいだ。日本側には原因不明の被弾機激増だが、これはやはりVT信管の威力によるものと思われる。


比較的温和な白羽飛行隊長と違い、剣崎航空隊長は日頃から恐い。その彼が真顔で怒ったせいで、小心者の菊地と三国は途端に震え上がった。

そして退室の挨拶も早々に、逃げるように飛行隊員控室を出た。


「ひえー、怖かったぁ！」

額(ひたい)に汗を滲ませた三国が、待機場所として指定された兵員食堂についた途端、崩れるように椅子へ腰を降ろした。

「さっさと飯食うぞ。食ったら自分たちの兵員室に戻って寝る。それしかやることがないんだから、さっさと戻りたい」


のんびり兵員食堂に居残っていると、もうすぐ三交代で非番になった者がやってくる。

いまは彼らに対し、申し訳なくて顔を合わせられない……。


出撃できない以上、当面は借りてきた猫の状況を強要される。なんとも気が重い。菊地でなくとも鬱(うつ)気味になるというものだった。

「いつ機体が来るかなあ……」

とりあえずお茶を口にした三国が、ぼんやりと呟いた。

「本土からの補給だから、少なくとも一ヵ月以上かかるだろうさ。その間は、たとえ作戦が終わってもやることなしだ。下手すると襲天が一機もなくなった陸上飛行艇隊に合流させられて、もとの雑用係に逆戻りってこともありうる」

昇進した後での予備隊編入は、まさに四面楚歌……。

予備隊内での冷たい視線だけでなく、基地内にいるほかの陸海軍部隊の視線にも耐えなければならない。まさに針のむしろである。

「まあ、襲天を駄目にしたんだからしかたないなー」

小心者だが楽観主義の三国は、責任は感じているものの、それ以上は何も考えていないようだ。

「ところで菊地、傷の具合はどうなんだ」

頭部を包帯でぐるぐる巻きにされた菊地を見て、三国が真顔で聞いた。

「軍医長殿の話じゃ、全治一週間だって。なんでも『たんこぶが切れた状態』だから、たいした怪我じゃないってことだけど……」

「派手に出血してたから心配したけど、それなら膿まなければ大丈夫だよ。熱帯じゃそれが一番恐いけど、幸いここは艦上だから清潔だ」

菊地も三国も、子供時代から何度も『たんこぶ』を経験している。

この時代の子供ならごくごく普通のことであり、たんこぶが切れて大出血する状況も、一度ならず体験したり目撃したりしている。

当然、子供ながら救急処置から事後経過までも、実体験として知っている。

「一ヵ月くらい入院する怪我だったら、少しは申しわけもたつんだけどな」

針のむしろに座らせられるのであれば、いっそ傷病兵扱いされたほうが楽だ。そう菊地は本気で思った。

「馬鹿言うな。そんな怪我したら、すぐ後方の海軍病院送りになる。最低でも強制的にカビエン送りだ。そうなったら、飛行分隊への復帰は絶望的だろうな。

　最悪の場合、本土の療養所送りだ。伊豆の伊東温泉にある陸海軍の療養所は、そんな傷病帰還者で溢れかえってるって話だぞ。そうなったら退役あるのみだ」

「やめてくれー」

　飯をほおばりながら軽口をたたいたせいで、少し気が晴れてきた。

　その頃になると、兵員食堂の入口が騒がしくなってきた。どうやら交代時間になったらしい。

　二人は残りの飯と味噌汁をかきこむと、慌てて自分たちの寝場所へと退散した。

2

二六日夜　南太平洋

「日本艦隊による対地砲撃が始まりました！」

　午後九時一八分……。

　フィジー諸島南東に位置するモアラ島西岸。

　そこで機動部隊の再編を行なっていたスプルーアンス部隊のもとへ、緊迫した報告が舞い込んだ。

　スプルーアンスは今夜の対地砲撃を予見していた。それが現実のものとなったことを知った参謀長が、改めて宇宙人でも見るような表情を浮かべている。

　だが肝心の当人は、当然のように無表情のまま質問を返した。

「位置と敵艦隊の規模は？」

質問された通信参謀は、慌てて通信文に目を落とした。

報告を急ぐあまり、通信文を読み上げるのではなく、たんに口頭で端的な情報を伝えた不備に気づいたらしい。

「砲撃は午後九時ちょうどに始まりました。砲撃地点はエスプリッツサント島南部のルーガンビル一帯です。ほぼ復旧したルーガンビル航空基地が集中的に狙われているそうです。

ルーガンビル沿岸警備隊からの報告では、敵艦隊は戦艦および重巡を含む大艦隊とあるものの、夜間のため視認できず、砲火および着弾状況からの推測をもとにそう判断したそうです」

「エスプリッツサントだと……!?」

まだスプルーアンスが何も言っていないのに、驚きのあまり参謀長が声を上げた。

「そう来たか」

やや遅れてスプルーアンスも呟く。

「長官！　砲撃はフィジー諸島に対して行なわれるのではなかったのですか」

その判断のもと、第17任務群はフィジー南西沿岸に張りつき、いつでも北上して敵艦隊に奇襲をかけられる位置にいる。

なのにスプルーアンスは、まるでチェスの相手が予想外の一手を打ったかのような反応を示しただけだった。

「その可能性が一番高いと判断したまでだ。当然、可能性である以上、優先順位は低くなるがほかの可能性も残っている。エスプリッツサントへの砲撃は二番めの可能性として認識していたから、予想外というほどでもない。

これで確信を持てたが、敵の作戦を実質的に動かしている者は、日本海軍でも希有な策士だ。幾重にもわたる罠を仕掛け、毎日のように変化する戦況を逐次作戦に反映し、その時点でもっとも効果のある選択肢を選んでいる。

今回のエスプリッサント島攻撃も、おそらく昨日の航空決戦の結果を受けて変更したものだろう。これは我々が、同じ判断理由により作戦を変更したのと同じだ」

自分の予想が外れたにもかかわらず、あくまで想定内の判断とうそぶく。

これが並みの指揮官なら、たちまち部下の信頼を失うだろう。だがスプルーアンスの場合だと、彼が口にした判断がそのまま受け入れられる。

なぜなら、下手に誤判断だと陰口を叩こうものなら、その後の展開で誤判断そのものが間違いだったことを思い知らされ、陰口を叩いた当人のほうが評価を下げることを知っているからだ。

「しかし……敵の攻撃目標がエスプリッサントとなると、ニューヘブリディーズ諸島の守備隊は味方海軍の支援なしになるため、航空戦力が壊滅状況の現在、やられ放題になってしまいます。これに対し、なにか策はあるのでしょうか」

失策したのはスプルーアンスなのだから、尻ぬぐいも彼がやるべき……。

付き合いの長い参謀長だけに、自分に火の粉が降りかからない方法を知っていた。

「我々は何もしない。なぜなら今夜の攻撃は、我々をフィジーから引き剥がすための窮余の策だからだ。

日本軍は昨日の航空決戦で予想外の痛手を受け、空母機動部隊を活用しての米豪連絡線の遮断が難しくなった。我々の空母部隊とさほど変わらぬ航空戦力では、今夜からフィジー上陸作戦を実施した場合、近日中に日本側の空母が全滅させられる可能性がある。

まさにミッドウェイ島上陸作戦を強行しようと

して返り討ちにあったあの海戦と、状況的にはほぼ同じになる。

敵は上陸支援に航空戦力を割かれるのに対し、我々は上陸阻止のための航空戦力を陸上航空隊に任せることが可能だから、空母戦力はそのまま敵艦隊撃滅に使える。この差が露骨に出る。

ミッドウェイ海戦が心的外傷になっている日本軍が、なんの反省もなく今回の作戦を実施しているのなら、今夜のフィジー攻撃は現実のものとなっていただろう。そして、結果は決定的な敗北に終わるはずだった。

しかし、日本軍に天才的な策士がついているのであれば、必ず回避策を講じてくる。それが今夜のエスプリッサント攻撃だ」

相手が黒島亀人と知っているはずがないスプルーアンスだが、状況のみでその存在を看破するとは、まさに天才は天才を知ると言えよう。


「ではニューヘブリディーズ諸島は、あえて見捨てるということでしょうか」

誰もが聞きづらいことを、ずばり参謀長は口にした。

「見捨てるのではない。最初からあの諸島の守備隊は、そう運命づけられていたのだ。

もし敵が攻めてこなくても、あの諸島は当面のあいだ、戦略的には無意味な地となることが決定していたからな。

しかし守備隊がいなければ、あの諸島は速やかに日本軍の支配地域に様変わりするだろう。あそこに日本の航空基地が作られたら、フィジーも攻撃半径内に入る。そうなれば、いま現在のように、我々がフィジー近海で待機するといった状況はあり得なくなる。

だから戦略的には無価値だろうが、戦術的には必要不可欠な地とも言える。そこに連合軍が居座っているという事実だけが重要なのだ。その点、彼らは今夜に至るまで、完璧に役目を果たしている」

たしかに……。

少数の陸上部隊がいるだけで、その地は簡単に敵側の手には落ちなくなる。

いかに航空基地を潰そうとも、陸上部隊がいればいずれ復旧する。そうなれば、その後に航空機を送りこむことも可能だ。

参謀長を理屈で黙らせたスプルーアンスは、さらに言葉を重ねた。

「では日本軍がこれから実施することも、当然のように予測できるだろうな？」

参謀長は、口頭試験を受けた学生の立場に追いやられた。

「我々にとって戦術的に価値のある場所であれば、敵もまったく同じことが言えます。だから、可能なら奪取すべきと考えるでしょう。つまり、今夜の砲撃だけでなく、この先に上陸作戦が控えている……その可能性が高いと思われます。

しかし……いまの日本軍に、果たしてニューへブリディーズ諸島に対して上陸作戦を実施し、その後も当面の確保を可能とするだけの補給や増援が可能でしょうか。

ニューへブリディーズ諸島を単独奪取しても、戦略的にはほとんど意味がありません。下手をすると東西および南の三方から攻められて孤立し、補給もできないまま全滅する運命になります。

事実、オーストラリアからニュージーランドを経由して、多数の航空機運搬船がエスプリッツサントに向かっているそうです。

今日明日にも滑走路が全面復旧するメドが立っていたため、それに合わせて戦力を回復させようとしたのでしょう。しかし、今夜の砲撃により状況が変わり、おそらく引き返すことになると思います。

つまり、ニューヘブリディーズ諸島は、周辺各地にいる連合軍をのきなみ壊滅させない限り、下手に攻めた日本軍のほうが窮地に追いやられる場所ということになります。

私としては、そのような地に、なぜいまこの時を狙って砲撃してきたのかと考えるべきであり、結論としては、たんに航空基地の復活を阻止するために実施したとしか思えません。

ニューヘブリディーズ諸島の陸上航空戦力を壊滅状況にしておけば、日本軍はこれまで同様、諸島周辺を隠れ場所として利用できます。状況的には、昨日まで実施していた作戦の仕切りなおしも可能になります」

今回の反論はかなり理論的に展開できた。そう参謀長の顔に描いてある。

「ほう……では連合艦隊は、我々の空母を全滅させるまで、今後も執拗に航空決戦を仕掛けてくると言うのか」

「状況的には、そう判断すべきと考えます」

「ならばひとつ、私の予想を述べよう。まず参謀長が言った味方の航空機輸送部隊だが、おそらく今夜のうちに大被害を受けるはずだ。

すでに輸送部隊はニューヘブリディーズ諸島南方海上に到達している。いま頃は南太平洋艦隊司令部から作戦中止命令を受けとり、急いでニュージーランドへ引き返そうとしている最中だろう。

そこを日本海軍の潜水艦部隊は見逃さないはずだ。あの海域に敵の潜水艦がいるという情報はないが、それこそ状況的に見れば、いなければ不思議と思うべきであり、いてあたり前だ。

それから……おそらく明日の朝、日本軍はエスプリッサント島に対し上陸作戦を実施する。最低でもエスプリッツサント島の北部だけは確保する。北部にある海軍飛行場を制圧し、南部にあるルーガンビル航空基地と陸軍基地を航空攻撃できる下地を作るためだ。

したがって敵の上陸規模は、海軍飛行場を制圧できる程度……おそらく二個大隊規模になると思われる。この程度であれば小規模輸送部隊で送りこむことができるから、もし失敗しても敵の作戦に大幅な変更は必要ない。

また、日本軍が海軍飛行場を復旧させたのちに、ガダルカナル方面から陸上航空隊がやってくる。その間、敵部隊は海軍基地の滑走路を守備するだけでいいし、敵艦隊と陸上航空隊が定期的に南部の味方基地を破壊すれば、いずれエスプリッツサント島全域が敵の手に落ちる。

参謀長の言う通り、たとえエスプリッツサント島を奪取されても、日米双方ともに戦略的な変化はない。フィジーとサモアを取られない限り、いずれ奪還できるからな。

しかし、戦術的な利用価値は限りなく高い。価値があれば奪取する優先順位も上がる。きわめて数学的な結論であり、異論を挟む余地はない」

驚くべき予想を聞いた参謀長が、慌てて口を挟む。

「ちょっと待ってください！　では日本軍は、いずれ孤立し全滅する可能性があると承知の上で、あえて一時的な優位を確保するため上陸作戦を実施するとおっしゃるのですか⁉」

「その通りだ。ただし、これもまたフィジーもしくはサモア攻略のための布石にすぎない。戦略的には無意味な地も、戦術的には価値が出る。

ようは、連合軍によるエスプリッツサント島奪還作戦が実施される前に、サモアもしくはフィジーを奪取してしまえばいいだけの話だ。

だから日本軍による陸上部隊の展開は、あくまで米豪連絡線の中核地点であるフィジーもしくはサモアのどちらかを奪取するまでの方便ということになる。

おそらくフィジー／サモアのいずれかを奪取した後、エスプリッツサント島には最低限の一個大隊程度を残し、残りは主目的地へ移動させるだろう。

これまでの諸島戦の結果から見て、日本軍にとり一個大隊は、捨て駒にしても惜しくない数と思われる。先ほど言ったように、一度奪取した地の戦術的優位性を維持するために守備部隊は必要不可欠だから、全軍撤収はあり得ない。これは敵とて同じだ」

「…………」

状況はなにも変わっていない。

スプルーアンスが口を開くごとに、その感が強くなっていく。

状況が変わらなければ、海軍部隊が動く必然性もなくなる。すべて予定通りに推移しているのだから、いま現在ここにいることがベストとなる。

「今後は、どうなるのでしょう」

ついに参謀長は諸手（もろて）を上げて降参した。

「今夜の砲撃に我々が釣られて動けば、明日以降の日本軍の作戦も変更されるだろう。その場合、明日夜のフィジー砲撃もあり得るが、私は動くつもりはない。敵の砲撃部隊は第17任務群のみで対処させる。

我々第7任務部隊の主力が動かない以上、敵部隊によるフィジー攻撃も順延される。しかし、このままずっとにらみ合いを続けると、明らかに日本側が不利になる。

となれば、しびれを切らして動かざるを得ないのは連合艦隊のほうだ。時期的には、奪取したエスプリッツサント島北部の滑走路が使用可能になる日だろう。

日本軍が単独で滑走路を補修する場合、一本の滑走路だけでも一週間以上が必要だが、米海軍飛行場の補給物資や補修機材・建設機器を流用できる状況でなら、四日もあれば可能になる。米軍なら一両日で復旧させられるのだから、これは過大評価ではない。

となれば、明日の朝から換算して四日後の朝には、奪取された飛行場に日本軍の陸上航空機がやってくる。その日の夜がフィジー沿岸に対する上陸前砲撃を開始する日時となるだろう」

明日の朝は二七日。

そこから四日後は、三一日朝となる。

まさに一九四二年最後の日だ。

「四日間あれば、こちらの態勢もなんとか整いますね」

「それは敵も同じだ。しかも猶予の四日間であっても、日本軍は潜水艦や長距離飛行艇を用いての支援攻撃が可能だから、やや有利となる。この四日間、我々は一隻の艦も失うわけにはいかんからな」

「では、明日の朝の敵情を確認し、あらためて参謀会議を開くことにします。長官もご出席願えますよね？」

「ああ、確認のために出よう」

必要なことは、いま言った。

そう言いたげなスプルーアンスだったが、参謀長としてはその返事で満足したようだ。

その時……。

伝令が重巡ポートランドの艦橋に駆け込んできた。

「エスプリッツサント島南方海上において、味方輸送部隊が敵潜水艦部隊の猛攻を受け、船団の半数以上が撃沈されたとの第一報が入りました！」

それはスプルーアンスの予言が、またひとつ的中した瞬間だった。

＊

二七日午前一時……。

「どうやら引っかからなかったようだな」

日没後に仮眠した山本五十六が、ふたたび大和艦橋へ戻ってきた。

連合艦隊は現在、エスプリッツサント島に対して砲撃を実施している。

とはいっても、砲撃を行なっているのは近藤信竹率いる前進部隊であり、後方には栗田健男率いる強襲部隊から分離した兵員輸送艦一隻と中型輸送艦一隻が、海防艦四隻に守られつつ待機している。

山本のいる主力部隊は、エスプリッツサント島西方一二〇キロ地点にいる。

小沢部隊を合流させた南雲部隊からかなり離れたことになるが、これは南太平洋作戦が完全に第二段階へ突入したため、いつでも動ける態勢で待機している状況といえる。

山本が艦橋に来てすぐ口にした言葉に、宇垣纏参謀長が反応する。

「現時点で、該当海域において敵艦隊を発見したとの報告は入っておりません。前進部隊の南方一〇〇キロ地点に至るまでには、別動の第八／一二潜水戦隊が展開していますので、該当海域に敵艦隊が入れば見逃すことはありません」

宇垣の報告を聞いた山本は、わかったという感じで片手を上げた。

ちなみに、この二個潜水戦隊は、南太平洋方面潜水艦隊を構成する六個潜水戦隊の一部だ。

残る四個のうちの二個は、おもにフィジーからサモア方面に展開している。

そして、最後の二個はニュージーランド方面へ南下し、ニューヘブリディーズ諸島やフィジー／サモア方面へ連合軍の輸送船団が接近するのを事前阻止する任務についている。

つい先ほど……。

二六日の二三時過ぎに、オーストラリアを出てニュージーランド経由で航空機を輸送していた敵船団が大被害を受けて遁走したが、これを行なったのが彼らである。

宇垣が報告してこないと言った二個潜水戦隊は、フィジー西方海域に重点配置されていて、行方をくらました敵機動部隊や水上打撃部隊を発見すべく、徹底した監視活動を行なっている。

彼らは、たとえ敵艦隊を発見しても攻撃せず、連合艦隊へ情報を通信することだけを厳命されている。雷撃は発見されて逃走するために、やむを得ず行なう場合のみ許されていた。

「黒島……敵も、つねに貴様の策にかかるわけではなさそうだな」

山本とともに艦橋入りした黒島亀人専任参謀に対し、まるで揶揄（やゆ）するような感じで聞いた。

「ここで無分別に近藤部隊へ襲いかかる相手なら、もっと簡単に勝てています。おそらく敵の水上打撃部隊は、いまもフィジー近海に張りついていま す。こちらがフィジー上陸作戦を実施すると読み、決死の思いで待ち構えているはずです。

そこに近藤部隊を送りこめば、こちらもそれなりの被害を受けます。夜戦なら痛み分けになるでしょう。被害を受けて速度を落とす艦がいれば、翌朝には敵空母航空隊の餌食になります。

しかし我々は、フィジーではなくエスプリッツサント島上陸作戦を実施中ですので、敵の行動はまったく見当違いとなります。あと二時間後には、北部の浜辺へ一個陸戦大隊が上陸を開始します。

陸戦隊が橋頭堡を確保したら陸軍二個大隊が上陸し、午前中には米海軍飛行場を確保する予定になっています。

事前の調査では、北部にいる敵部隊は一個大隊となっていましたが、事前の航空攻撃と対地支援砲撃により、ほぼ沿岸陣地は壊滅していますので、いま現在の敵戦力は二個中隊程度と判断します。

味方の三個大隊は、突貫で滑走路を補修することに専念してもらいます。その間は沖に栗田中将の強襲部隊が張りつき、要請があれば昼間も支援砲撃を実施することになっています。

滑走路の修復が終了する予定の三日もしくは四日後には、ガダルカナルのイオネ補給基地から陸海軍合同の陸上飛行隊が到着します。今回は片道飛行ですので、隼や九九艦爆なども到達可能です。

当面の燃料や補給物資は輸送部隊から融通してもらいますが、近日中にはイオネ補給基地から高速輸送部隊が出る予定になっていますので、以後は彼らに任せることになります。

制空権の確保が確実になった時点で、一個陸戦大隊と栗田部隊は撤収します。

陸戦隊は強襲部隊へ戻り、南へ移動したのち、南部の米陸軍基地へ砲撃を実施します。一方の近藤部隊と我々主力部隊は、ニューヘブリディーズ諸島の南をまわりこみつつ、必要があれば栗田艦隊の支援を実施します。

三〇日もしくは三一日の朝には、北部の滑走路を飛びたった味方飛行隊が、ニューヘブリディーズ諸島各地にある敵拠点を攻撃し、完全孤立へ追い込みます。今後は定期的に実施し、敵に航空戦力を復活させる猶予を与えません。

これで当分は、ニューヘブリディーズ諸島の連合軍は身動きできなくなります」

黒島亀人は、まるですべてが決定事項であるかのような断定口調で喋りきった。

それが気にさわった宇垣が、すかさず口を挟む。

「今日はともかく、明日以降も栗田部隊は島に張りつく予定となっているが、その間に敵艦隊の夜襲を受ける可能性はないと考えているのか。

上陸部隊の本隊護衛を担っている栗田艦隊が被害を受ければ、その後の主目的攻略が困難になるとは考えなかったのか」

「敵の指揮官が間抜けで、参謀長のおっしゃる通りの行動に出れば、その時は近藤部隊と戦ってもらいます。場合によっては主力部隊や栗田部隊の戦艦二隻も投入します。

敵艦隊に機動部隊が随伴していれば好都合、こちらも南雲部隊をいま一度ぶつけて殲滅します。今回は陸上航空隊がいるぶん、こちらが優位になれますから、よほどのことが起こらない限り、我々が勝ちます。

まあ……敵の指揮官は、そこまで予想して攻めてこないと思いますけどね。いま我々が対峙している米艦隊の指揮官は、おそらくミッドウェイで戦った指揮官と同じです。

優秀で狡猾で用心深い、まるでチェスの名人のような采配をしています。だからこそ、やりやすい。こちらとしても、安心して策を実施できます。打てば響くように応答が返ってくるのは、なかなか気持ちがいいものですよ。

おっと、話が外れました。ともかく、敵は攻めるに攻めきれない状況にあります。基本的には待機戦法に徹するしかなく、当面のあいだフィジーから離れられません。

その間に我々は、一時的にせよニューヘブリディーズ諸島を手中にし、そこから陸上航空隊を用いたフィジー爆撃と、水上機基地を設置しての、飛行艇部隊によるサモア海域まで網羅する広域索敵網を完成させます。

これらの態勢が完成すれば、もはや敵艦隊が隠れられる場所はどこにもなくなります。つねに居場所を把握され、いつでも攻撃に晒される運命となります。

これが現実のものとなるのは来年の正月早々ですので、その時が米豪連絡線を本気で遮断する時となります」

クリスマス直前に始まった作戦が、正月早々にはクライマックスを迎える。

期間にして一〇日間ほどだろうか。

上陸部隊まで動かしての海軍史上最大の作戦としては、かなり迅速に進んでいると言える。

むろん上陸作戦が成功しても、陸上部隊の戦いはさらに続く。連合艦隊の一部も残留し、陸上部隊の支援を実施しなければならない。だが海の上での戦いは、おそらく正月早々には終わる。

そう黒島亀人が予想している以上、そうなる可能性はきわめて高い。

黒島の自信たっぷりな口調を諌めるように、山本が口を挟んだ。

「敵の空母が生き残っている限り、まだ安心はできん。これればかりは、いくら黒島が大丈夫と力説しても駄目だ。痛手を負った小沢部隊と南雲部隊は、もうこれ以上空母を失うわけにはいかん状況にある。

とくに瑞鶴は守りたい。被害を受けた翔鶴は本土へ戻したからひと安心だが、新たな改装空母や新造空母が出揃うまでは、手持ちの空母だけで対処しなければならんからな」

来年春以降、日本海軍にも相当数の軽空母や低速空母が加わる予定になっている。

新造中型装甲空母の大鳳と改装超大型空母の信濃は少し完成が遅れるものの、いずれも資源確保が順調なせいで、本来なら一九四四年に完成予定が、四三年秋以降に完成が前倒しされている。

　さらには、戦時簡略設計の中型空母『雲龍型』（非装甲、搭載機数七〇機程度）が最低でも二隻、来年夏以降に完成する。

　これはミッドウェイで大型空母を大量に失った時点で計画され、その後の戦局と資源調達状況により、最優先かつ突貫で建艦されているものだ。

　ともかく当座に間に合わせるための空母のため、構造も最低限の強度と抗堪（こうたん）性能に抑え、速度も最大三〇ノットとぎりぎり機動部隊に参加できる程度でしかない。

　これは米海軍のエセックス級に対抗できる本格大型空母の完成が、どうしても一九四四年夏頃になるためだ。その間は中型簡略空母と、大鳳・信濃その他で間に合わせるしかない……。

　米海軍がどれだけ空母を作ってくるかわからない現在、山本五十六の焦燥は尽きることがないようだった。

　山本の不安を吹き飛ばすように、黒島がいつもの感情のこもっていない声で答えた。

「今回の作戦さえ勝利すれば、最低でも五ヵ月ほど時間が稼げます。この五ヵ月間には、連合軍による諸島奪還作戦も含まれていますので、その間はほかの方面での敵進攻は行なわれないでしょう。

　むろん我が方も、その間に色々と仕掛けると思いますが、たぶん連合国は米豪連絡線を回復しない限り、こちらの仕掛けには応じないと考えています。

　つまり、こちらが仕掛けても先方は防戦するのみ。小競合いは太平洋全域で発生するものの、戦局の転換は実現せず膠着（こうちゃく）状況が続く。

　そのやり取りが五ヵ月間続き、その後に、ふたたび戦力を回復した両陣営が南太平洋で決戦を行なう……。

　これで太平洋の戦いは終わると考えています。

　連合軍としても、いつまでもヨーロッパ方面を放置していられないでしょうし、春になればソ連も足もとに火がつきます。待ったなしになる合衆国は、一九四四年の大統領選挙の関係もあり、身動きが取れません。

　願わくば帝国政府が、時期的な判断を間違わないでほしいと願っています。これればかりは、いくら自分が頑張っても状況を変えることはできませんから」

　言葉こそ濁しているが、黒島は日本と連合国による講和の可能性にまで言及した。

　これが日本国内での発言なら、たちまち戦争完遂派の餌食になるはずだ。場所が講和派筆頭の山本五十六がいるＧＦ司令部だからこそ言えることだった。

　それでも公式記録に残ることを恐れ、具体的な言葉は避けなければならない。

　このような状況で、果たして日本本土でまともな講和工作が可能だろうか……。

　自分の作戦には絶大な自信を持っている黒島だが、これればかりは他力本願の悲しさからか、やや声のトーンを落としていた。

「そういえば……」

　黒島が口をつぐんだため、宇垣が発言した。

「広域護衛隊の飛行艇部隊が明日以降、一四機態勢にまで回復するとの報告が入りました。よって南雲部隊の判断では、襲天隊に対し出撃要請が可能になるのは二八日朝になるとのことです」

「わかった」

　明日いっぱい襲天隊を使えないのは痛いはずなのに、山本の返事は簡潔だった。

　もとから無理強いして、結果的に大被害を出させてしまった。その責任はGF長官である山本にある。

護衛総隊長官の及川古志郎から無理をさせないでくれと再三の要請を受けていた上での結果だから、本来なら責任問題にまで発展する状況といえる。

それが完全に無視されているのは、いまが連合艦隊主導で作戦実施中ということと、護衛総隊と連合艦隊の地位的な差があるためだ。

たとえ広域護衛隊が全滅しても、いまや軍神扱いの山本は責任を問われないだろう。

しかし山本自身の心情からすれば、大変に申しわけないと感じているのも確かだ。その心の中の動きが、短い返事となって表出したのだった。

3

三〇日夕刻　フィジー近海

三日後、午後四時……。

スプルーアンス部隊は、じわじわと日本軍に攻略されていくエスプリッツサント島を完全無視するかのように、フィジー南東海域にとどまったまま微動だにしなかった。

ハワイからは連日のように、状況を知らせるよう命令を送ってきている。ニミッツが脳卒中を起こしそうな勢いで要求しているところを見ると、おそらくしびれを切らしたハルゼーあたりが尻をたたいているのだろう。

だが、動かない。

スプルーアンスの指揮下にある部隊は、三日前と同じ位置にいる。

戦艦中心の打撃部隊である第17任務群はフィジー南西沿岸に張りつくようにして、いつでも突撃をかませられる態勢にある。

空母部隊の第7任務部隊は護衛空母部隊だった第18任務群と合流した上で、正規空母エセックス・護衛空母サンガモン／スワニーの三隻態勢となり、フィジー南東のモアラ島西岸で陸上航空隊の分厚い掩護下にある。

これらの部隊位置は、完全に待機状況を意味している。

待つことが目的なのだから、自ら動けば失策となる。相手がこちらの想定した状況にはまるまでは、意地でも待ち続ける。

軍事的な常識にしたがえば、現在の状況は限りなく正しい。間違っているのは、スプルーアンスの策を信じきれていないハワイのほうだった。


「さて……」

重巡ポートランドの艦橋にスプルーアンスがいる。昨日までは、ほとんど長官室にこもって思索三昧だったのに、今日はなにかを予期したように自ら出てきていた。

いまは長官席に座り、参謀長がまとめた最新の報告を聞いている。

「今朝、ニューヘブリディーズ諸島の各地にある友軍滑走路のすべてが、敵の陸上航空機によって破壊されました。敵機は執拗に爆撃と銃撃をくり返しているとのことで、滑走路以外の設備にもかなりの被害が出ています。

おそらく一つの部隊が、一回の出撃で複数の基地を攻撃したのでしょう。そのせいで報告にあがってきた敵機総数が、予想以上の規模にふくれあがっています。

報告では総数二八〇機となっていますが、現地司令部の判断でも同じ機を重複して換算している可能性が高いとなっていますので、実数は半分以下と考えています」

参謀長の報告を聞いたスプルーアンスは、すでに承知しているかのように即答した。

「日本軍が奪取した海軍飛行場には二本の滑走路があるが、三日間で使えるようになったのは一本だけだろう。そこにガダルカナルから陸上機がやってきたわけだ。

いかに日本軍が用意周到に航空機を集めたとしても、ガダルカナルの空をからにするわけにもいかんだろうから、エスプリッツサント島に移動させられる機は一〇〇機前後しかないはずだ。

それ以上は、トラックやラバウルから新たに移動させなければならない。しかも、これらの輸送措置はいずれも玉突き式の移動だから、最終的には日本本土で生産した機を出さねば、どこかの基地が手薄になる。

そう考えると今年一杯は、南太平洋にある機でなんとかするつもりだろう」

スプルーアンスは珍しく、参謀長の意見をそのまま肯定する言葉を吐いた。

「敵はやって来るでしょうか」

すでに策は参謀長以下に伝えてある。

艦隊上層部が全員承知していなければ、現在の待機戦法は成立しない。そのためには、参謀部が策に納得した上で動く必要がある。

なのに参謀長は、まだ確信できていないようだった。

「もう今年は、今日と明日しかない。日本時間で見れば今日は三一日だから、なおさら年末感が強いはずだ。

敵も正月には、日本本土へ景気のいい報告をしたいだろう。それを可能とするには今日しかチャンスはないから、おそらく来る。今夕に来なければ、明日の朝に来るはずだ」

米国人は自国の日時で思考する。

しかし世界各地を移動する海軍は、つねに現地時間と本国時間の時差を考慮に入れておかねばならない。

これは海軍士官学校で教わる基礎中の基礎なのだが、長く一箇所にとどまっていると、どうしても現地時間で思考するようになってしまう。

そう……。

日本は、いま大晦日なのだ。

連合軍がクリスマスを大きな区切りと感じるのと同じく、日本軍は正月を一年で最大の区切りと考えている。

この区切りは、時として政治的判断すら変えさせるほどのものだ。それを戦術的な思考に反映させるのは、スプルーアンスにとって息をするよりあたり前のことだった。

「敵が上陸前の砲撃や航空攻撃を実施した場合、対応は予定通り陸上部隊にお任せになられるのですか」

参謀長が言外に、自分たちの空母航空隊を出さなくてもいいのかと質問した。

「明日の朝の攻撃であれば、敵空母部隊の動向次第では動く。つまり最低でも一回は、空母航空隊による航空支援を実施する。朝からの単独砲撃はあり得ないが、もしそうなっても味方の陸上航空隊だけで対処させる。

しかし今夕であれば、たとえ敵空母航空隊が陸上爆撃を実施しても、まだ出すべきではない。日没前の砲撃なら完全無視だ。

連合艦隊が作戦を諦めていない以上、いずれ必ず我々の首を取りに来る。その時のために、我々は全力で対処する態勢でいなければならない」

スプルーアンスがここに居座っている理由は、ただひとつしかない。

日本の空母機動部隊の戦力を可能な限り漸減し、今後の数ヵ月間、新たな作戦行動を不可能な状況に追い込むことだ。

南太平洋は合衆国本土やハワイから遠い。あまりにも遠すぎる。しかし空母を補修するだけなら、ニュージーランドやオーストラリアでも可能だ。

これに対し連合艦隊は、シンガポールか台湾、それが無理なら日本本土にまで戻らなければ補修すらできない。

つまり、同じ被害を受ければ不利になるのは日本のほう……。

たとえスプルーアンスの空母が全艦稼動不能になったとしても、三ヵ月もすれば正規空母二隻と護衛空母八隻程度は新規に補充される。

それらの訓練に三ヵ月ほど必要としても、半年後には今回以上の空母部隊を再編することができる。その間、日本は攻略した諸島を陸上航空隊のみに任せることはできない。

現在の連合軍を見てもわかるように、諸島防衛戦は機動力のある空母部隊によって臨機応変に守らなければ、たやすく敗北してしまうからだ。

エスプリッサント島へ日本軍の上陸を許したのも、スプルーアンスがニューヘブリディーズ諸島を空母部隊で守らないと決めたせいである。

したがって、スプルーアンス部隊が敗退して南太平洋から去っても、連合艦隊は何隻かの空母を諸島防衛のために残さなければならない。これは絶対条件となる。

たしかに日本の空母部隊がいる限り、連合軍が諸島を奪還するのは難しくなる。

だからこそ、その空母部隊を構成できないまで日本軍の稼動空母を減らせば、こちらが反撃可能になる六ヵ月後までに、水上打撃部隊と逆上陸部隊だけでも諸島の奪還が可能になる。

　米豪連絡線が完全に奪還できれば、六ヵ月後の状況はソロモン海戦直後まで巻き戻ることになる。つまり、連合軍が反攻作戦を実施する前提条件まで戻せるのだ。

　これが、スプルーアンスの立てた最終的な打開策だった。

　反攻作戦を実施できる土台を再構築する。そのためには、一時的に米豪連絡線が遮断されてもしかたがない。あれもこれもと欲張っては、一縷の望みすら得ることができないと考えたのだった。


　午後五時八分。

「フィジーのナディ海軍基地から至急電が入りました！　午後五時二分、日本軍の双発爆撃機と戦闘機、護衛の単発戦闘機、およそ八〇機が北西部のラウトガへ飛来、現在爆撃中とのことです！」

「来たか。予定通り作戦を開始する」

　伝令の報告を聞くやいなや、スプルーアンスはすべての手続きを無視し、いきなり作戦開始命令を下した。

　艦橋にいる参謀長や各参謀は驚きもせず、すぐに動きはじめる。すべて参謀長から事前に作戦内容を知らされ、開始命令が下されれば自動的に動くよう厳命されていたからだ。

　命じた参謀長も、すでに疑念を払拭した顔つきになっている。

「第17任務群へ作戦開始を連絡！」

「フィジーの各基地へ緊急伝達。敵艦隊による夜間砲撃の可能性大につき、充分注意せよ。砲撃を受けた地域は、最速で通達することを厳命する。また沿岸警備部隊を可能な限り出して、敵艦隊阻止の支援行動を実施するよう要請してくれ」

参謀たちが各方面への伝達事項を声に出すなか、スプルーアンスは参謀長に質問した。

「いまから索敵に出せる陸上航空機はあるか」

スプルーアンス部隊の空母には、索敵専用機はない。護衛の巡洋艦には水上索敵機が搭載されているが、それらは日本の空母部隊を探すため出払っている。

ちなみに、少し東へ引っ込んでいるモアラ島の近くのため、水上機の索敵半径だと敵空母部隊がいると想定する海域まで届かない。

それでも索敵させたのは、連合艦隊がサモア急襲に作戦を変更した場合のことを考えてのことだ。

明日の朝にサモアを攻撃するのであれば、どうしてもフィジーの近くまで接近しなければならない。そこをつかまえようと考えたのである。

「混乱していますが、フィジーのナディと南部のスバにいるカタリナなら出せると思います」

「ならばフィジーの西方から北西方向二〇〇キロまでの海域を大至急、索敵させろ。今回は短距離索敵だから、ほかの単発水上機も出せるだろう?

それらも総動員し、敵の水上打撃部隊が、どこから突入してくるか確定するのだ」

「了解しました。片道二〇〇キロなら一時間以内に結果が出ますので、ただちにやらせます」

スプルーアンスは、連合艦隊が攻めるのはフィジーと確定したのだろうか。いまの対応を見る限り、そう確信しているとしか思えない。

だが、もし敵の水上打撃部隊がやってくると確信しているのなら、いまこの瞬間にも、モアラ島に集結させた陸上航空隊を用い、もっと早く索敵を実施することで早期に発見ができていたはず。

結果的に夕刻の時点で航空攻撃はできたはずだ。

それをやらず、あえてフィジーへの攻撃を許したということは、連合艦隊が場合によってはフィジーからサモアへ攻略目標を変更する可能性があったことを示唆している。

つまり、フィジー攻撃すら陽動であり、いまだ所在のわからない連合艦隊主力部隊と南雲機動部隊は、もしかするといまこの瞬間も、ひっそりとサモアへむけて驀進している可能性がある……そう考えていたはずだ。

その場合は、フィジーへの砲撃は今夜限りであり、航空攻撃も明日の朝の陸上機による爆撃でいったん、終了となる。

スプルーアンスたちは敵の水上打撃部隊に対処するので精一杯のため、サモアを防衛するための初動が遅れる。つまり、サモアを襲う敵空母部隊との交戦は不可能になる。

だから発生する戦闘は、水上打撃部隊同士の夜戦のみになるはず……。

明日朝、敵の水上打撃部隊がニューヘブリディーズ諸島方面へ遁走したら、この可能性が高くなる。

そうではなく明日の朝、敵の機動部隊が再びスプルーアンス部隊へ航空攻撃を仕掛けてきたら、敵は攻略目標をフィジーに絞った証拠になる。

その場合は明日の朝のうちに決着がつく……。

ここまで読みきっての作戦始動だった。

＊

午後七時四二分。

「彼我の距離二六キロ！」

「水上レーダーおよび射撃照準レーダー、始動！」

第17任務群の旗艦――戦艦ワシントンの艦橋に、溜まりに溜まった鬱憤を晴らすかのようなF・C・シャーマン少将の声が響いた。

これに先立つ午後五時一二分。

フィジー本島の緊急補修された陸軍短距離滑走路から出撃した陸軍軽観測機――パイパー・グラスホッパー八機のうちの一機が、フィジー本島南西にあるサナサーナの西方六二キロ地点にいる日本の戦艦部隊を発見した。

それにしても、なんとグラスホッパーによる発見である。航続距離は三〇〇キロしかないため、とても海上偵察に使える代物ではない。

本来は陸軍が地上部隊を支援する用途で採用した機であり、性能も戦術支援に特化されている。そのため、先に行なわれた日本軍の航空攻撃の時も、格納庫の中で休眠中だったせいで助かった。

そして現在、海軍機はすべてモアラ島へ退避している関係から、ともかくフィジー近海を集中的に索敵せよというスプルーアンスの要請に基づき、手持ちの八機すべてをくり出した結果、予想外の大金星を得たのだった。

一方、フィジーの水上機基地から出撃したカタリナ四機は、西から北北西方向の遠距離を担当しているため、フィジーの至近距離まで迫った日本の打撃艦隊――近藤部隊を発見できていない。

ただし、これはしかたがない。

カタリナに課せられた任務は日本の機動部隊を捜索することであり、それはここ一週間ほど変わっていない。そのためスプルーアンスの要請は、カタリナ以外に対して行なわれていたからだ。

グラスホッパー以外の偵察用航空機は、すべてモアラ島から出撃する関係から、距離的に三〇〇キロほど遠くなる。

つまり、スプルーアンスの要請で同時に出撃しても、近藤部隊のいる西方地点へ到達するまで、フィジー本島からよりも一時間ほどよけいにかかってしまうのだ。

事実、モアラ島からは海軍のSBDドーントレス四機と、陸軍のA‐20ハボック二機／B‐25ミッチェル二機／P38ライトニング四機が駆り出されたが、グラスホッパーが発見した時点で、いずれも該当海域に到達していなかった。

その後、六時三〇分あたりで日没となり、午後七時になる頃には宵闇が深くなったため索敵終了となった。

そして午後七時四二分。

サナサーナ南方二〇キロ地点で待機していた第17任務群は、前もって計算していた時分ごとの相対距離をもとに、水上レーダーで捕捉できる範囲内に日本の艦隊が入ったと予想し、水上レーダーだけでなく、新兵器の主砲射撃照準レーダーも同時に作動させたのである。

成果は秒単位で現われた。

「水上レーダー、距離二四キロに敵艦隊捕捉！」

「各艦の射撃レーダー、現在レーダー測距中」

現在の陣形は、戦艦マサチューセッツ／アラバマ／ワシントンの順で戦艦三隻が単縦陣を構成している。

そして、戦艦隊の左舷側に重巡サンフランシスコ／ソルトレイクシティの二隻が同じく単縦陣、駆逐艦八隻は四隻一組の二個雷撃隊を編成し、戦艦隊の右舷に位置している。

この陣形を見れば、シャーマン少将が艦種ごとに分けて同時攻撃を仕掛けさせるつもりなのがわかる。

最初に射撃を開始する戦艦隊は、まっすぐ日本艦隊を右舷に見る位置……結果的に敵艦隊の後方もしくは側方へ移動しつつ砲撃する。

同時に二個駆逐艦隊はフィジー沿岸方向へ進路を変え、敵部隊の側方もしくは後方／前方（日本艦隊の転進方向により変わる）から雷撃突入する。

その間、重巡隊は優速を生かして味方戦艦隊に先行し、敵艦隊の逃げ場を押さえつつ、主に敵部隊の重・軽巡／駆逐艦を攻撃する……。

この攻撃方法は、あくまで日本艦隊がフィジーを砲撃するため対地砲撃陣形で接近してくるという大前提で行なわれるものだ。

もし日本艦隊が対艦戦を予想していれば、なまじ艦種別の単縦陣を構成しているせいで各個撃破される可能性が高い。

だがスプルーアンスは、この時点で危険を覚悟の上でフィジーに突入してくる以上、その目的は対地砲撃しかないと断定し、迷わすシャーマンへ迎撃戦を命じたのである。

「敵艦隊、レーダーを使用していません。ただし、こちらのレーダー波を探知した模様で、対地砲撃陣形を崩しつつあります！」

最新のレーダー観測情報を通信参謀がもたらした。

「各戦艦、レーダー射撃開始　各駆逐隊は射撃の合間をぬって肉薄雷撃しろ。

ただし、同時に襲撃する予定の沿岸警備部隊の魚雷艇部隊と衝突しないよう、魚雷艇部隊が申告してきた突入予定コースには入るな！」

レーダー波を出した時点で、こちらの待ち伏せ戦法はバレる。しかしそれまでは、日本の戦艦部隊はまったく予想だにしていなかったはずだ。

これまでソロモン海戦からニューヘブリディーズ諸島戦に至るまで、日本軍の戦艦部隊による対地砲撃はほとんど阻止されずに完遂している。おそらく今回も、短時間の対地砲撃自体は阻止されないと踏んでいたはずだ。

危険なのは砲撃後の退避行動中に夜が明け、連合軍の航空隊に追撃されることだから、おそらくそれに合わせて、明日の夜明け頃にエスプリッツサント島から戦闘機部隊が支援に駆けつけてくるはずだ。

本来この支援は空母部隊が担うものだが、空母同士の対決で大幅に戦力を減らしている現在、なけなしの空母航空隊を用いるのは問題がありすぎる。連合艦隊もそう判断して、支援は陸上航空隊に任せると予想したのである。

「彼我の距離二一キロ。射撃を開始しました！」

戦艦隊の最後尾にいるワシントンの艦橋からも、前を進む二隻の戦艦の前部主砲が発砲する炎が、間接的にだが見える。

すぐにワシントンの前部二砲塔六門も、最初から一斉射撃を開始した。

「敵艦隊、いまだに応射しません！」

応射したくとも、できるはずがない。

各砲に込められた砲弾は対地用だろうし、砲塔も陸の方角を向いている。

しかも日本艦隊から見れば、サナサーナの西から進入し、砲撃地点となる沿岸二〇キロ前後で北に進路を向け、サナサーナのえぐれたナタドラ湾を右舷側に見る位置になる。

この状況は、南から北上しつつ砲撃している第17任務群から見れば、日本艦隊の左舷後方から進入していることになる。

このあと第17任務群は北西へ進路を変え、敵艦隊を右に見つつ集中砲撃を加え、そののちまわりこんで脱出路を防ぎトドメを刺すことになる。

五分後……。

「敵艦隊の戦艦二隻、対地砲撃を諦めた模様。後部主砲四門をこちらへ発射しました！」

「敵戦艦主砲弾、八〇〇から七〇〇遠弾！　三六センチ砲の模様！」

報告を聞いたシャーマンは、思わずニヤリと唇を吊りあげた。

「敵戦艦は金剛型か扶桑型のようだな。長門や伊勢型なら四〇センチ主砲だから我々と同等だが、ワンランク下なら勝てる……」

サウスダコタ級のアラバマ／マサチューセッツやノースカロライナ級のワシントンは、いずれも四〇・六センチ三連装三門を三基備えている。

この砲数は、同じ口径の長門型を陵駕しているため、本気で撃ち勝つには大和型を出すしかない。なるほど、シャーマンがほくそ笑むのも当然だった。

*

同時刻、連合艦隊前進部隊——近藤部隊。

「二発、夾叉されました！」

旗艦の比叡司令塔に切迫した報告が聞こえた。

「機関全速。敵に頭を取られるな！」

艦橋にいる比叡艦長へむけて、戦闘参謀が声の限りに叫ぶ。

本来は部隊参謀なのだから、艦長への命令権はない。なのに我を忘れての発言……相当に慌てている証拠だ。

「右舷前方に敵魚雷艇多数！」

司令塔伝音管に張りついていた参謀長補佐が、耳が痛くなるほどの大声で告げた。それが鋼鉄剥き出しの司令塔内に反響し、なおさらうるさい。

「むう……」

唸り声は、思わず近藤信竹中将があげたものだ。

「いやはや……完全に待ち伏せされましたな」

部隊参謀長が、なかば諦めたような感じで応じる。

「奇襲されることは予想していたはずなのに、どうにもたるんでいるな。連戦の疲れが出たか？

ともかく……貴様が処置なしと匙を投げてもらっては困るぞ。この場はしのがなければならん」

「それは承知しています。待ち伏せに出くわした場合、こちらは逃げの一手ですので、駆逐隊や重巡隊も最初から戦艦隊を逃がすための機動に入っています」

「敵艦隊の陣容は、事前の索敵ですべて判明している。艦影から四〇センチ砲九門を備える戦艦が三隻いるから、たとえ準備万端整えても、まともに撃ちあえば負ける」

三六センチ砲でも、四〇センチ砲搭載の戦艦に勝つ方法はある。それは全力で接近し、近距離で主砲弾を叩き込む戦法だ。

むろん、自分も致命傷を負う可能性は高いが、近距離なら敵の装甲を貫き、共倒れに持ちこめる可能性も大いにある。しかし、同じ近距離で四〇センチ砲弾を食らえば、最悪だと爆沈する。

真珠湾で多くの戦艦を着底させたとはいえ、現状ではよくて同等、悪ければ比較劣勢な日本側としては、一隻でも失うわけにはいかない。

「まもなく午後八時です」

時計を気にしていた作戦参謀が、待ちきれずに報告を入れる。午後八時に何かが予定されている口振りだった。

「各艦へ発光信号。まもなく味方の攻撃が開始される。左舷海上に厳重注意するよう伝達せよ」

近藤は記憶している作戦内容に照らし、午後八時ちょうどに始まる味方の攻撃を予想しての注意喚起を行なった。

午後八時六分。

「敵戦艦二隻の左舷に雷撃命中！」

唐突に艦橋目視観測員からの報告が入った。

司令塔は艦橋一階部分にあるため、きわめて視界が悪い。いちおう前方に数箇所の丸窓があるものの、ぶ厚い装甲を貫いているせいで視角は最悪、ほとんど気休め程度にしか外の状況を見ることはできない。

　そこで、艦橋上部にある双眼鏡監視所に繋がる伝音管が、司令塔と艦橋それぞれに直通で存在している。

「続いて敵重巡一隻にも命中！」

「潜水艦隊も頑張ってくれてるな。しかし……そろそろ退避しないと危ない」

　近藤部隊を直接支援するため、四隻の潜水艦隊が周辺に潜んでいる。そのうちの位置関係が良好な二隻が雷撃を実施したらしい。

　これはあくまで支援攻撃にしかならないものだが、あるとないでは天と地ほどにも違いが出てくる。

「榛名に直撃！　後部マスト付近!!」

　比叡のすぐ後を追従していた榛名が、ついに直撃を食らったらしい。

　時間的に見て、敵戦艦主砲弾のうちの一発のようだ。おそらく味方潜水艦に雷撃を食らったのとほぼ同時に射撃したものと思われる。

「後部マストの前後には煙突があるが……大丈夫だろうか」

　煙路が塞がれると、たとえ缶室や機関に支障がなくても速度低下に繋がる。しかも艦内に煙が逆流し、毒ガス攻撃を食らったのと同様の大惨事となる。

　それを危惧した近藤が心配そうな声をあげた。

「重巡隊、敵の前方阻止航路を突破しました！」

　速度に優る味方重巡三隻が、いち早く敵戦艦三隻による前方阻止をくぐりぬけたらしい。

「重巡隊が進路を変更して支援砲撃を開始すると同時に、戦艦隊二隻は全速で脱出する」

　ともかく包囲網を突破しなければ、なにも始まらない。

　と、その時――。

時刻は午後八時一七分。

「通信室より連絡あり。南西方向より味方艦隊接近中。主力部隊です！　距離三六キロ。これより突入攻撃を開始するそうです!!

別動の栗田部隊からも連絡あり。南南西、距離三二キロで突入を開始しました!!」

伝音管からの報告を中継する参謀長補佐の声が、あからさまに躍っている。

「予定通りというか……間に合ってくれてよかった。さすがに今回は危ないかと、やきもきさせられたぞ」

近藤の声にも安堵の色が滲んでいる。

黒島亀人の真骨頂は奇策にあり……。

今回の近藤部隊による対地砲撃は、何もなければフィジー各地の主要施設の破壊を行なう予定になっていた。

しかし黒島は、今回ばかりは連合軍もフィジーを守るため水上打撃部隊をぶつけてくると予想し、それを大前提に作戦を組み上げていたのである。

先ほど部隊参謀が慌てたのは、あくまで彼が黒島の策を信じきれていなかったせいであり、策そのものは全員が承知していた。

しかも、たんに近藤部隊を助けるだけの策ではない。積極的に敵戦艦部隊を撃滅すべく、連合艦隊の総力を注いで叩き潰す策だ。

そのため温存していた部隊――連合艦隊の主力部隊と強襲部隊（栗田部隊）が、いま二方向から突入を開始した瞬間だった。

4

三〇日深夜　フィジー近海

「前方に敵魚雷艇部隊！」

「蹴散らせ!!」

主力部隊に所属している第一水雷戦隊の旗艦、軽巡阿賀野の艦橋に緊迫した空気が流れた。

フィジー南西方向から突入中の主力艦隊に、敵の魚雷艇部隊の一部——四隻が気づいて進路を変更したのだ。

軽巡阿賀野はつい先月、連合艦隊主隊所属になったばかりの最新鋭艦である。

艦隊編成に組み入れられたのは南雲の第一機動部隊のほうが先だったが、今回の作戦第二段階へ移行するさいに、水雷戦隊強化のため第一艦隊所属となった。

現在の連合艦隊主隊は、ほぼ第一艦隊で構成されているため、必然的に主力部隊の駆逐戦隊の中核艦となったのだ。

まさに異例の移動だが、南雲部隊の航空戦力が半減したため作戦用途を変更せざるを得なくなり、そのぶん水上打撃部隊の作戦分担が増えた。

何をやるにも完璧でないと納得しない黒島亀人は、たんに役割分担を変更するだけでなく、細かい艦隊構成まで変更することで、今後も各艦隊を最大効率で運用することにしたのである。

阿賀野は開戦前に実施された第四次補充計画に基づき、じつに二〇年ぶりに建艦された新型軽巡であり、小型ながら水雷戦隊旗艦として特化された設計のため、今回の作戦でも大いに期待されている艦の一隻となっていた。

その初代艦長に抜擢された中川浩大佐だけに、こまねずみのようにうるさく進路を妨害する敵魚雷艇を見て、体当たりも辞さずの意気込みを見せた。

すべては、あとに続く主力部隊の重巡四隻——熊野／利根／筑摩／最上を押し通させるためだった。

「第一駆逐隊の陽炎および不知火、本艦の左右より銃砲撃を開始しました!」

陽炎型駆逐艦は、前部に一二・七センチ連装砲一基を持っている(後部に二基)。相手が魚雷艇であれば、充分すぎるほどの重装備だ。それがいま、火を噴いた。

「後方の主隊、主砲射撃を開始!」

先陣として切り込んでいる第一/第二駆逐隊のすぐ後方にいる重巡部隊は、さらに後方にいる戦艦部隊の邪魔にならないよう、左右に二隻ずつの複列縦陣を形成している。

そして戦艦部隊は真ん中に大和、左右やや前方に長門と陸奥を据えたV字型陣形で突進しつつ、いま主砲射撃を開始したようだ。

この陣形は、間違いなく正面突破のためのものであり、直前で左右どちらかにまわりこむことなど微塵も考えていないことがわかる。

なぜ正面突破なのか?

それは敵味方双方の各部隊の位置関係を見れば、下手に迂回すると味方の攻撃を阻害することが明らかなためだ。

現在、近藤部隊は南から急迫しつつ砲撃中の敵艦隊から逃れるため、北へむけて遁走を開始している。

これを南西方向から支援するため、主力部隊がほぼ敵艦隊の左舷真横方向から突入を開始した。

そして、もうひとつ……。

戦艦金剛/霧島と駆逐艦四隻という極小規模な部隊ながら、強襲部隊から分離した栗田健男率いる栗田部隊が、南南西方向——敵艦隊後方から二八ノットという高速で接近中だ。

つまり、大和のいる主力部隊から見ると、正面に敵艦隊、左舷側に近藤部隊、右舷側に栗田部隊がいることになる。

この状態で乱戦にしないためには、そのまま突入して敵艦隊のすぐ後方をすり抜けたのちに左舷九〇度転進、敵艦隊を左舷前方に見つつ追撃戦を実施するしかない。

その頃には近藤部隊も態勢を立て直し、まわりこみつつ敵艦隊を包囲網へ追い込む形になるはずだ。

こうなると敵艦隊の逃げ場は、フィジー島のある東方向から北東方向しかなくなる。

フィジー島の南西部から北西部にかけては珊瑚礁のリーフが発達しているため、下手に迷いこむと座礁する可能性が高くなる。

それでも袋のネズミになるよりはマシと考えるか、さもなくば日本の三個戦艦部隊に殲滅（せんめつ）されるしか道はない。

どのみち、夜戦は午前二時には終わる。

早々に切り上げてフィジーを離れなければ、夜が明けた後に連合軍の航空隊に襲われるからだ。

その時、スプルーアンスの空母部隊からも出撃するか否かは微妙だが、モアラ島から出撃する連合軍の陸上航空隊は、まず間違いなくやってくる。

これに対処するために、エスプリッツサント島の滑走路奪取および緊急補修が必要だったのだ。

エスプリッツサント島から現在地点まで九〇〇キロ……。

陸軍の屠龍（とりゅう）だけでなく、零戦四三型もかろうじて往復できる。

残念ながら隼二型と鍾馗（しょうき）は届かないが、主力部隊には直掩専用空母の祥鳳がいるため、これに最大三〇機の零戦三二型が加算される。

これだけ重厚な直掩機があれば、敵の航空隊もおいそれとは近づけない。

とどのつまり……。

黒島亀人は、近藤部隊を囮（おとり）として敵戦艦部隊を釣り上げたのである。しかも黒島の策は、これだけではなかった。

＊

「左舷方向の新手に対処しろ！」

戦艦ワシントンの艦橋で、艦長のグレン・B・デービス大佐が声の限りに叫んだ。

敵艦隊を後方から追いあげるという絶好の位置に陣取り、すでに一隻の戦艦へ直撃弾を与えた……。

まず間違いなく勝った。そう思った瞬間。

左舷、真横方向から、とてつもないモノが飛んできた。間違いなく戦艦の主砲弾だ。

それは日本海軍が行なった、夜間に正確な照準を合わせるための単発測距射撃である。まだ射撃レーダーを搭載していない日本艦にとっては必要不可欠なものであり、初弾命中を狙ったものではなかった。

だが、砲弾はワシントンの直前にいるアラバマの左舷二〇〇メートル付近に着弾し、高さ一〇〇メートルに達する水柱を吹き上げた。

ワシントンの持つ四〇センチ四五口径主砲弾でも、着弾水柱は八〇メートル程度だ。

あきらかに砲弾のサイズが大きい。

デービスは直感で、最近噂されている連合艦隊所属の巨大戦艦を思い浮かべた。

巨大戦艦の報告は、サンタクルーズ諸島に対する対地砲撃で初めて行なわれた。

米軍にもお馴染みの長門の横に、見たこともない艦影の巨大戦艦がいる。射撃炎に映える影は世界のどの戦艦より先鋭的なフォルムをしていて、敵ながら美しいと思うほどだと伝えていた。

そして、現地司令部からの報告を信じるならば、敵の新戦艦の主砲弾はおそらく四六センチ……。

それがいま、自分の部隊にむけて放たれている。

それは海軍の軍人なら、ぞっとすると同時に、身震いするほどの興奮を感じさせるものだった。

「全砲門、左舷展開完了！」

「撃てっ！」

レーダー測距による全砲門斉射が、なかば自動的に行なわれた。レーダー陰影をもとにした射撃のため、目標は敵戦艦群の中の一艦としかわからない。

あまりの反動に、ワシントンの巨体が右舷側に傾く。この揺れが収まらない限り、次の射撃はできない。

揺れを解消するためのじれったい時間の最中、いきなり艦橋上部観測室から連絡が入った。

「後方一八キロに新手の敵艦隊！　砲撃しつつ急速接近中!!」

「なんだと……」


追撃していると信じていたのに、いつのまにか追撃されている。

位置関係を考えれば、前方に一個艦隊、左舷側方に一個艦隊、右舷側はフィジー沿岸、そして後方に一個艦隊……。

これでは追撃でなく、反対に包囲されつつある。

衝撃の事実に気づいたデービスは、一瞬凍りついたように動けなくなった。

しかし、すべての気力をふり絞って声を出す。

「司令塔へ緊急連絡だ。敵艦隊に包囲された。判断を願う。以上だ!!」

デービスの采配権限は、あくまでワシントン一隻に対するものだ。第17任務群の指揮権は、司令塔にいるF・C・シャーマン少将が握っている。

艦内有線電話での問いかけを行なったが、なかなか司令塔からの返答がない。予備の伝音管も使ってみたが、司令塔へは通じるものの、肝心の返答がない。

——ドガッ！

後方から金属が激しく粉砕される轟音が聞こえた。

「後部第三砲塔に直撃弾！　砲塔装甲は無事だが、主砲二門が破損の模様!!」

後方から急迫しつつある、第三の敵艦隊が放った砲弾が命中した。ワシントンの主砲砲身二本を破損させたが、砲塔装甲は貫いていない。

報告を聞いたデービスは、後方にいるのは三六センチ砲搭載の戦艦だと気づいた。

「後方は金剛型か。追いつかれるはずだ……」

味方の戦艦三隻は、いずれも最高速は二八ノットだ。対する金剛型は約三〇ノット。

最高速では二ノットの差でしかないが、現在のような交戦中に最高速など出せるはずもなく、ワシントンは射撃可能な二五ノットで航行している。


しかも片舷斉射の後は、艦の揺れを解消させるため、一時的に二〇ノット付近まで落とさざるを得ない。そもそも艦隊戦の真っ最中なのだから、下手に増速すると味方同士で衝突してしまうため、出せる速度には限界があるのだ。

対する金剛型のいる敵艦隊は、最初の射撃を実施するまでは二八ノット前後で急追が可能だ。その差が急接近という結果に結びついていた。

「重巡サンフランシスコ、直撃弾！　沈みます!!」

ワシントンからは見えないが、戦艦隊の前方で脱出路を切り開いていた重巡隊の一隻が、艦体中央部に四〇センチ主砲弾をまともに食らい、一瞬で大穴が開いて傾いた。

戦艦の巨大な徹甲弾を食らったら、重巡の舷側装甲など紙のように貫通される。

艦内の重要区画に食い込んだ砲弾が、内蔵している大量の爆薬を炸裂させれば、まず間違いなく命取り……。

その光景をほかの重巡が通信してきたらしい。

この時の主砲弾は、大和の左舷にいる陸奥が放ったものだった。

『司令塔から群部隊全艦へ緊急命令！　現在の追撃戦を中止し右舷三五度転進、リーフ内へ入る。リーフ内へ進入後は、そのままナディ湾方向へ移動、沿岸警備部隊の支援を受けて敵の攻撃を逃れる。以上、ただちに全艦へ通達せよ!!』

ようやく司令塔から、艦内有線電話を通じて部隊転進命令が出た。

この有線電話は司令塔から通信室へ送られている。あくまで艦隊命令なのだが、同時にワシントンに対する個艦命令として、通信室から艦橋へ同時に届いたらしい。

したがって、艦橋にいるデービス艦長がやることとは、ワシントンに対する戦艦隊連動の転進命令を下すことだけだ。

「作戦中止！　右舷三五度回頭。左舷の敵に尻を見せることになるが、後部砲塔は被弾して使えない。心して対処しろ！」

つい先ほど後部三番砲塔に直撃弾を受けたことが、ここにきて最大の懸念を引きおこした。

ワシントンは砲塔三基を搭載していて、後部には一基しかない。その一基が射撃不能になれば、後方の守りは皆無に等しい。

「逃げきれるか……」

一瞬、後部砲塔が無事な前方の戦艦と位置関係を交代させようかと考えたが、すぐに諦めた。

ただでさえ危険な一斉回頭中に戦艦隊の隊列を組みなおすなどしたら、ものすごく高い確率で衝突事故が発生する。

しかも現在は夜間だから、一度衝突事故が発生すれば、すぐに群部隊全体に影響が拡大してしまう。そうなれば敵艦隊は、絶好の機会とばかりに包囲網を狭めるに違いない。

この状況で包囲網を狭められたら、完全に逃げ場を失う。結果は、限りなく全滅に近い惨状となるはずだ。

そうしないためには現状のまま回頭を終了し、三隻横並び状態で、リーフの切れ目めがけて遁走するしかなかった。

——ガッ！

短いが強烈な大振動がワシントンを揺さぶる。

「右舷中央、喫水付近に着弾！」

場所からして、後方から追尾していた金剛型戦艦の主砲弾だろう。

第17任務群が東方向へ一斉回頭しはじめたため、後方の敵艦隊が右舷側に位置した結果だった。

＊

フィジー沿岸部において発生した戦艦部隊同士による一大夜戦は、日本軍の予想より早い三一日午前零時二〇分に終了した。

実質的な交戦時間は、おおよそ五時間。

ずいぶん長い時間だと感じるかもしれないが、水上艦同士による砲雷撃戦は、相手に対する位置取りに時間がかかる。それが大半と言ってもいい。

さらに言えば、砲の命中率も恐ろしく低い。

駆逐艦による切迫雷撃も、敵艦を一撃で撃沈するというより、まず敵の足を止めて砲撃が命中しやすくするためのものだ。

ゆいいつの例外は、互いが五キロ以内まで接近しての直接照準による近接砲撃だ。

近接戦における直接照準は、かなり命中率が高い。なにしろ砲口の先に見える敵艦をそのまま撃つし、ほぼ水平に撃たれた砲弾は、タレもせずまっしぐらに敵艦へ命中する。

だが今回の場合、近接砲撃が行なわれたのは、たったの一時間弱……。

しかも最終局面となる三〇日午後一一時から三一日午前零時二〇分までのあいだ、連合艦隊主力と栗田艦隊が交互かつ間欠的に実施しただけだ。

海戦結果は、じつに酷いものとなった。

合衆国海軍第17任務群の壊滅的大敗退である。

連合艦隊側は、近藤部隊の重巡愛宕が大破、戦艦比叡が中破、戦艦榛名が小破。主力部隊の重巡熊野が中破、戦艦長門が小破、駆逐艦二隻が中破となっている。

対する第17任務群は、ワシントン沈没、アラバマ／マサチューセッツ大破、重巡サンフランシスコ撃沈、ソルトレイクシティ中破、駆逐艦一隻爆沈、駆逐艦二隻大破、三隻中破。そのほかにフィジー所属の魚雷艇二隻撃沈、四隻大破、三隻中破……。

群指揮官のF・C・シャーマン少将も、戦艦ワシントンの受けた艦橋基部への大和主砲直撃弾（しかも三二〇〇メートルからの水平射撃弾）により司令塔装甲が破られた結果、無念の戦死を遂げた。

ワシントンは大和主砲弾を合計で四発も食らったが沈まず、最終的に駆逐隊の放った四発の魚雷を左舷側に食らい、横転沈没している。

本来なら、近接砲撃が艦中央へ命中したのだから撃沈されてもおかしくない。

しかし、命中した場所が司令塔だったため、司令塔内部まで貫通したものの、その下にあるバイタルパートは守られる格好になったらしい。

ほかの中距離命中弾三発は、いずれも上甲板への命中だったため、あらかたの砲塔や上甲板構造物を吹き飛ばしたものの、中甲板装甲までは破壊できなかったようだ（これは中距離のため砲弾の入射角度が浅かったせいと判定された）。

日本側の受けた被害は、近藤部隊が砲撃と雷撃（米魚雷艇を含む）によるものが多かったものの、そのほかは大半が重巡の砲撃によるものだ。

これを見ても、第17任務群が戦艦主砲を有効活用できたのは、近藤部隊を追撃していた時点のみということがわかる。

連合艦隊主力部隊および栗田部隊が攻撃を開始して以降の四時間弱は、ほとんど回避行動に終始するだけで、まともに主砲による応射ができていない。

最終局面になってからは、フィジー西岸を囲むリーフの切れ目めがけて遁走しようとして艦の後部を晒し、さらなる被害を積み重ねた。しかも遁走自体、日本側の重巡部隊による前方割り込みにより阻止され、完全に包囲されてしまった。

その後は悲惨の一言に尽きる。

日本側の駆逐隊による突入雷撃と重巡部隊による進路前方からの集中砲撃により艦速を低下させた結果、最後には反転した近藤部隊を含む日本の三個部隊に包囲され、周囲を近距離で旋回されつつ連続砲撃されてしまったのである。

一時はリーフ内のナディ湾へ逃走しようとした第17任務群だったが、結局のところ逃れることはかなわず、その手前で阻止される格好になった。これは明らかに戦術判断の間違いである。

不利が決定した段階での戦術的な誤判断は致命傷となる。

まず上甲板にある主砲や副砲、機銃、魚雷発射管などを砲撃の乱打で潰され、反撃能力をほとんど喪失した段階で、とどめの超接近砲撃が実施された。

主力部隊にいる山本五十六は、主力部隊が五〇〇〇メートルまで接近した段階で、発光信号と無線電信による降伏勧告を行なった。

だが、その時点でシャーマン少将は戦死しており、しかも急なワシントンの沈没により指揮権委譲が間に合わず、山本が降伏勧告をした時点で、まだほかの艦は混乱状況にあった。

そのせいで誰が勧告に応じるかすら定かでない状況のまま、山本が指定した返答期限時刻を過ぎてしまい、ゆいいつの助かる道すら閉ざされてしまったのである。

最後は連合艦隊全艦による主砲乱打と駆逐艦による集中雷撃が行なわれ、艦種を問わず大被害を受けてしまった。

それでも山本は、三一日午前零時二〇分に攻撃中止を命じた。そして、敵の残艦を拿捕（だほ）することもなく、フィジー南東方向へ撤収するのを許してしまった。

これはなにも、敵に情けをかけたわけではない。

これから夜明けまで、全速で退避しなければならない……たんに連合艦隊側に特殊事情があったためだ。

山本としては可能な限り早い段階で夜戦を切り上げ、一分でも早い退避を実施したかったのである。

なお……。

連合艦隊の三個打撃部隊のうち、主力部隊は北西方向、近藤部隊は西方向、栗田艦隊は南西方向へと分かれて遁走した。

この時点では、どの艦隊も夜明け後の敵航空隊による攻撃を受ける可能性があったが、山本はわざと主隊の速度を落とし、主隊が真っ先に発見されるよう細工を施した。

案の定、夜が明けた後、連合軍のモアラ島陸上航空隊（陸海合同の臨時編成部隊）が出撃し、北西方向へ逃走中の主隊に襲いかかった。

だが、その頃にはエスプリッツサント島の日本軍陸上航空隊の戦闘機が支援に駆けつけ、しかも軽空母祥鳳からは、全力にあたる三〇機の零戦三二型が直掩に上がっていた。

　山本は、直掩機と陸上機の支援のある主隊が、もっとも敵航空隊による攻撃に耐えられると判断し、わざと殿軍(でんぐん)になるよう策をめぐらしたのである（これは山本の策というよりは黒島亀人の策）。

　連合軍側も八〇機近くを出撃させたが、相手が六〇機を超える戦闘機のみの部隊で迎撃したら、まともな戦果どころか返り討ちにあってしまう。

　結果、二〇機以上の大型爆撃機が撃墜されてしまった……。

　まさに今回の戦いは、連合軍にとって悪夢の一言に尽きるものとなった。

だが……。

　悲劇的な大被害を受けてもなお、スプルーアンスは最後の一手を行使すべく、虎視眈々と目を光らせていたのである。

第3章　勝敗決す！

1

三一日朝　フィジー・モアラ島近海

三一日午前五時一七分。

連合艦隊主隊に対する、米側の航空攻撃が終了した頃。

スプルーアンスのもとへ、一本の索敵報告が舞い込んだ。現在の第7任務部隊旗艦は重巡ポートランドとなっているため、スプルーアンスもその艦橋にいる。

「モアラ島航空隊が攻撃を仕掛けた敵打撃部隊の先、モアラ島から北西七八〇キロ地点に、日本軍の空母部隊を発見しました！」

フィジー諸島各地から出撃したカタリナ飛行艇が、朝一番の長距離索敵報告を送ってきた。

だが、奇妙だ。

日本の空母部隊を発見したカタリナは、午前五時の段階で、すでにフィジーから六〇〇キロ以上も離れた地点を飛んでいる。

彼らがフィジーの水上機基地から出撃したのなら、まだ二〇〇キロほどしか飛んでいないはずだ。とても届く距離ではない。

じつのところ、昨夕の段階でスプルーアンスの厳命が下され、フィジー所属のカタリナ飛行艇のうち四機が、事前に北／北西／西／南西の四方向五〇〇キロの海域へ移動し、そこで着水して一夜を明かしていたのである。

飛行艇のみが行なえる、時間短縮の奇策……。

これはなにも日本海軍のみが行なえる秘技ではない。当然のように米海軍も使ってくる。

一晩が経過するあいだ、かなり海流に流された機もあった。

だが未明に離水する段階で、天測および電波測地を用いて現時点を把握、速やかに位置補正を実施したのち索敵任務についたせいで、海流の影響はほとんどなかった。

そして、北西海域から離水したカタリナが、わずか一〇〇キロほど……時間にして二〇分前後を飛行した段階で、南東方向へ空母発艦態勢で驀進する日本空母部隊を発見したのだった。

カタリナの報告では、すでに日本の空母攻撃隊は出撃後だったらしい。


彼らがどこに向かっているのか、この時点では連合軍側はまったく把握していなかった。

スプルーアンス部隊も、夜明け前から神経質なほど上空監視を行ない、航空レーダーも全力で使用していた。

だが、いつもは索敵のためやってくる日本の飛行艇も、今日に限っては発見されていない。

もっとも……。

スプルーアンス部隊のいるモアラ島沿岸から、今回の夜戦が行なわれたフィジー南西沿岸までは一〇〇キロ少々しかない。

そのため逃走中の連合艦隊の各打撃部隊は、未明の段階で手持ちの艦載水上機を索敵に出している。これは米艦隊の位置を特定するというより、後方からやってくるに違いない陸上航空隊をいち早く発見するためだ。

そのうちの数機の水上機が、スプルーアンス部隊の上空で直掩機や陸上戦闘機に追い返されている。この遭遇は前もって想定されていたものだから、日本側からすれば既定の行動といえる（スプルーアンス部隊が動いていない限り、前日夕刻と同じ位置にいるのは当然である）。

　つまり日本側は、限りなく現時点に近い段階でのスプルーアンス部隊の位置を把握している。

　よってスプルーアンスも当然のように、敵空母部隊の攻撃隊が自分たちのところへ向かっていると予想し、陸上航空隊にも緊急支援要請を出した上で万全の艦隊防空態勢を取っている。

　日本の空母部隊が航空攻撃隊を出撃させたらしいとの報告があり、スプルーアンス部隊の居場所は露呈している。

　これで自分のところへ敵航空隊がやってこないと判断する指揮官がいれば、それは規格外の大馬鹿者である。

　それらの判断の上での敵空母発見の報だった。

「敵の航空隊がやってくるまで、二時間ほどの猶予がある。よって、ただちに航空攻撃隊を出撃させろ。

　航空隊には敵空母の離着不能を最優先にせよと厳命する。確実に全空母を離着不能に追い込め。無理に撃沈する必要はない。ほかの艦は無視しろ。以上だ」

　スプルーアンスは、日本空母を撃沈するより交戦不能に追い込めと厳命した。

　これが最後のチャンス……。

　こちらが全空母を結集して最後の一撃を目論んでいるのと同様、敵も機動部隊を結集させて航空戦力を確保しているはず。

　その空母を全艦使用不能に追い込めば、日本側の南太平洋における空母戦力はゼロとなり、かろうじてスプルーアンスの勝利が確定する。

この一手のために、スプルーアンスはほかのすべてを犠牲にしたのである。

「全空母、直掩を残し出撃せよ！」

航空参謀も、この出撃が決定打になるとわかっているだけに、命ずる声にも力が込められている。

「出撃を終了した空母は、ただちに防空陣形へ組み入れる。ほかの艦は防空陣形へ速やかに移動できるよう、機関出力の調整には注意しろ。

ぐずぐずしていると敵の航空隊がやってくるぞ。敵航空隊の攻撃をしのげなければ、いかにこちらの航空隊が戦果をあげても無意味になる。そう頭に叩き込み、各員が最善の奮闘を行なうことを願う」

スプルーアンスにしては、やけに感情的な命令だった。

ここに至り、もはや行なえることは限られている。そこでスプルーアンスは、苦手な士気の鼓舞まで行なうことで、少しでも自分の策が成功するよう無理をしたのだった。

＊

「エスプリッサント島の基地通信隊から、連合艦隊発の命令が届きました。敵空母機動部隊の位置は昨夕と変わらず。敵空母の数は三隻、ほかに巡洋艦四隻と駆逐艦多数が随伴しているそうです！」

フィジー南東にあるモアラ島から北西へ一〇三九キロ。

エスプリッサント島から二八七キロ東の海上へ、広域護衛隊——四隻の飛行艇母艦と七隻の護衛艦が移動していた。

現在の広域護衛隊は空母機動部隊から離脱し、ふたたび単独行動をとっている。

連合艦隊としては、引き続き機動部隊との合同作戦を実施してほしかったらしいが、そこに、これ以上はないというほど強い護衛総隊司令部からの離脱要請が届いたのだ。

さすがに及川古志郎長官も、襲天を多数失ったことに堪忍袋の緒を切らせたようだ。

直接、連合艦隊司令長官宛の緊急電文を送りつけ、強引に海軍の公式記録へ残す最終手段に出たのである。

なにも広域護衛隊を戦わせないとは言っていない。戦わせるのなら護衛総隊の指揮下が道理だと言ってきたのだ。

これをやられると、山本としては護衛総隊司令部を完全無視して、実質的に広域護衛隊を指揮下に組み入れるしかなくなる。これは指揮権の明らかな逸脱であり、たとえ作戦実施中であっても越権行為となる。

そこで山本は苦肉の策として、広域護衛隊を分離して単独任務につかせる（指揮権を護衛総隊に戻す）代わりに、三一日朝の作戦予定だけは受けてほしいと嘆願した。

天下の連合艦隊が格下も格下、海軍最底辺にいる護衛総隊へ頭を下げた……。

こうなると、今度は及川のほうが苦しくなる。しかたなく及川は、作戦参加中の広域護衛隊および各護衛隊陸上基地所属の襲天隊に対し、護衛総隊の指揮系統を順守するのであれば、作戦実施中の連合艦隊の要請を受け入れると返答したのである。

「襲天飛行隊、全機出撃せよ。目標、敵機動部隊」

カビエン広域護衛隊を束ねる秋津小五郎中佐の声には、出撃時の高揚は微塵もない。

多数の襲天を失った後、今回が初めての敵機動部隊攻撃となる。誰の脳裏にも前回の被害が重くのしかかっている。

それでもなお、最良の戦果を確定させるためには襲天隊が必要不可欠という山本の要請があれば、嫌でも出撃しなければならない……。

自分で出撃するほうが、どれだけ気が楽だろうか。駆逐艦峯風の艦橋に立つ秋津の表情は、そう物語っている。

「失礼します……」

秋津が命令を発した直後、艦橋に聞きなれぬ声がした。なんと艦橋ハッチから姿を現したのは、菊地と三国の二人だ。

強制的に非番扱いにされた二人は、その後も遠洋で身を持て余していた。それを見た遠洋艦長の丸山清六少佐が、いたたまれなくなり秋津へ相談した。

その結果、どうせ非番なら遠洋の連絡武官という扱いで峯風へ移動させ、秋津の手元で今後の作戦実施を見守らせることにしたのである。

「おう、来たか」

応答したのは秋津ではなく、航空隊長の剣崎守大尉だった。

一時的に遠洋へ行っていた剣崎が、菊地たちを引き連れて峯風へ戻ってきたのだ。

昨夕に峯風へ移動した二人は、仮のハンモックを与えられて仮眠した。そして先ほど伝令にたたき起こされ、艦橋出頭を命じられたのだった。

「えっと……自分たちは、ここで何をすればよろしいのでしょうか」

そもそも峯風に呼ばれた意味すらわかっていない。

恐る恐る質問した菊地だったが、いつもは恐い剣崎が穏やかな表情のままだったので、ほんの少し胸を撫で下ろす。

「貴様らの仲間が出撃するっていうのに、食堂とか乗員室に引きこもっているのも嫌だろうから、秋津隊司令のご好意により、ここで出撃部隊の最新情報を知ることができるよう配慮されたんだよ。

理解したか？　理解したなら隊司令に感謝しろ。そして、艦橋にいる上官の邪魔にならんよう気をつけてろ。そうしていれば、嫌でも最新情報が飛びこんでくる」

剣崎に言われた二人は、慌てて秋津に対し敬礼すると、我先に発言した。

「未熟な自分らに対し不相応までのご好意、大変に感謝しております!!」

「自分も同様であります！」

それを聞いた秋津が、それまでの沈んだ表情を一転させて微笑んだ。

「そう緊張するな。一応は連絡武官扱いだから、あとできちんと遠洋艦長に連絡事項の受け渡しをするんだぞ。それさえやっておけば、あとは自由にして構わん」

どうやら事を仕込んだのは剣崎であり、指揮官の責任に押し潰されそうな秋津の気を紛らわせるため、あえて愛機を失い負傷までした菊地たちを呼び寄せたらしい。

これから行なわれる襲天隊の攻撃のさいも、横に騒々しい菊地と三国が張りついていれば、秋津もよけいなことに頭をまわす余裕がなくなる……そう考えたようだ。

結果的にこの措置は、菊地たちにもよい方向へ働いている。

あのまま遠洋で飼い殺し状況に置かれていたら、そのうち鬱憤がたまって問題を起こしかねない。

しかし士官待遇の連絡武官扱いなら、一時的にせよ優遇されたも同然のため、今後の菊地たちの待遇にも変化が訪れる。

まさに一石二鳥の妙案だった。

「ところで剣崎……本当に、いま時点での出撃でよかったのか」

　いつまでも菊地たちに構っていられるほど秋津はヒマではない。すぐに作戦実施中の顔へ戻り、剣崎へ質問した。

「はい。連合艦隊からの要請では、この時分での出撃で願うと限定されています。すべては第二次攻撃のためですので、これはしかたのないことかと」

　いま剣崎は、たしかに『第二次攻撃』と言った。

　すでに飛行中の空母機動部隊所属の航空攻撃隊が第一次攻撃だとすれば、連合艦隊はまたしても、襲天隊単独による第二次攻撃を要請してきたのだろうか……。

　しかしそれにしては、秋津と剣崎の表情に微妙な余裕がある。

　下っ端の菊地と三国には、秋津たちが知りうる最高機密など教えられていない。

　連絡武官として派遣されていなければ、この会話すら聞けなかったのだから、いまも襲天隊が、ふたたび単独攻撃に狩り出されたと確信していただろう。

「まあな。なにせGF司令部が仕掛けた最終にして最強の奇策だ。それに襲天隊の参加が要請されたのだから、これは名誉と受けとるべきだろう。ただ……できれば被害が最小で収まることを祈るしかない。前回のようなことにはならんと思うが、敵もずいぶん襲天の戦法に慣れてきている。今回の作戦が終了したら、そろそろ襲天隊を含めた広域護衛隊全体の戦法を見直すべきだろうな。いつまでも同じ戦法をくり返すのは阿呆のやることだ」

　いくら優秀な戦法でも、何度も使えば敵も慣れるし、対抗策も講じてくる。

　それらを回避するためには、つねに初心に返って斬新な策を練る努力を怠ってはならない。

　秋津の言葉は真摯な気持ちからきているだけに、切実さに溢れている。

　おそらく今回の作戦が終了したら、カビエン基地をあげての集中的な戦法策定と徹底した訓練が実施されるはずだ。それが隊員の命を守る最善の策なのだから、秋津が躊躇する理由はない。

　そして菊地と三国も、訓練なしには被害の低減はあり得ないと知っているだけに、この発言の部分だけは、うんざりすると同時に頼もしいとも感じていた。

＊

「左舷回頭、四〇度！　両脇の軽巡二隻は気にするな。衝突回避は彼らのほうに任せてある!!」

　新造空母エセックスの艦長に抜擢された、ドナルド・B・ダンカン艦長の緊迫した声が響く。

　ダンカンは、艦長になる前は合衆国艦隊航空参謀の要職にあり、あのドゥーリットル大佐による東京空襲作戦の最終的な実行プランを仕立てあげた本人でもある。

　戦時建艦計画の花形として最初に就役したエセックスだけに、もっとも優秀な提督を着任させたいというニミッツ長官の意を受けての采配だったが、優秀な参謀が優秀な艦長であるかどうかは着任させてみなければわからない。

　ただ、スプルーアンスの複雑怪奇な策をいち早く理解し、意を汲み取って艦を操作するという一点については彼以上の適任はない。

　このことは、いまエセックスが生き残っている事実をもって証明できる。

　かなりの速度低下を来している以上、個艦の回避運動にも限度がある。なのに飛行甲板に一発も食らっていないのだから、非常識なほど巧みな操艦が行なわれたと推測すべきである。

　もしほかの提督が艦長だったら、最初の集中攻撃を受けた時点で、真っ先に戦闘不能へ追い込まれていたはずだ。

「右舷前部から八メートルの海面に着弾！　被害なし!!」

「右舷八〇度、急速回頭！」

　日本軍の急降下爆撃による至近弾を確認したダンカンが、すかさず新たな操艦を命じる。

　ただでさえエセックスは、艦尾に襲天の航空短魚雷一発を受けて二〇ノット以上出せない状況にある。

　ただし小破損した舵のひとつは、この数日の間に懸命の補修作業を行ない、なんとか機能を回復した（水中のため溶接やリベット補修ができないので、強引に潜水具を用いた人力によるドリル操作と、ボルト・ナットを用いた鋼板張りつけで補修したらしい）。

　まさに満身創痍ながら、まだ戦える状況にある。

　その状況にあって、ここまで回避運動を行なわせるダンカンは、たしかに艦の性能を理論的に把握し、限界ぎりぎりまで使いこなす才能に長けていると言えるだろう。

「アルタハマ、大破炎上！」

「被害状況をもっと詳しく！」

　艦長が操艦命令を下すのに忙しいため、至急連絡を伝えてきた海上観測員の応対は参謀長が行なった。

「あ……申しわけありません。護衛空母アルタハマの飛行甲板に、敵艦爆の爆弾が直撃しました。命中箇所は、目視観測では艦橋やや前方となっています。甲板の左右どちらかに片寄っているかは不明。

　格納庫の横からも猛烈な炎が吹き出たという目

撃報告があります。艦速も急速に低下中とのことでした」

　報告を聞いた参謀長は、改めてダンカンへ具申すべきか一瞬迷った。

「聞いている。話せ」

　ダンカンの返事は『操艦を最優先にするため返答はしないが、きちんと話は聞こえているから話せ』というものだった。

　どのみちダンカンの権限はエセックスに対するものでしかなく、ほかの空母は先方の艦長に任せるしかない。

　したがって、ほかの艦の被害状況を知ることも、周辺状況を把握することでエセックスを守る指標とするためである。

「了解です。アルタハマはおそらく中甲板も貫通され、重要区画内で爆弾が炸裂したと思われます。護衛空母は艦内爆発に対し極端に弱い構造をしていますので、火災および艦速の急速かつ大幅な低下の状況を見る限り、おそらく致命的な一発を食らったと考えます」

「アルタハマ乗員の総員退艦命令が出ました」

　通信参謀が、部隊旗艦となっている重巡ポートランドからの通信を傍受したことを知らせてきた。

　同時にダンカンの声が重なる。

「操舵！　左舷五〇度回頭。来るぞ!!」

　命令しつつも、その目は右舷上空をにらみつけている。そこには、いまにも二五〇キロ徹甲爆弾を投擲しようとする九九艦爆がいた。

　――ドッ！

　エセックス艦橋の右舷側窓に水しぶきが降りかかる。

「右舷、至近弾！　被害不明!!」

　艦橋右にある張り出しデッキの観測員が、びしょ濡れになりながら叫ぶ。

「右舷航行中の軽巡ヘレナに魚雷命中！　後方へ遅れつつあります！」

「ヘレナに代わりデンバーが護衛位置につきます!!」

エセックスを航空雷撃から守るため、つねに二隻の軽巡が張りついている。

スプルーアンスの手元にある軽巡は六隻。このうち二隻は駆逐隊の旗艦として機能しているため、実質的に直衛艦として使えるのは四隻となる。

そのうちの一隻が艦速低下のため離脱したのだから、左舷側に縦列でついてきている二隻を差し引くと、右舷側の守りはデンバー一隻に託されることになる。

まだまだ彼らの戦いは終わりそうになかった。

空母エセックスが耐えに耐えている頃……。

任務部隊の中核となる重巡ポートランドの艦橋では、スプルーアンスが静かに、指揮下にある艦群の戦闘を見守っていた。

「もう少し耐えてくれ。敵機は、たかだか七〇機程度だ。ここをしのげばなんとかなる……」

スプルーアンスも、ここまで混戦になると艦隊に対する命令ができない。

すべてを個々の艦長の采配に任せ、敵航空隊の攻撃が終了するのを待つしかなかった。

「こちらも苦しいですが、まもなく我々の航空隊が敵機動部隊への攻撃を開始します。そうなれば、今度は敵が苦しむ番です」

影のようにスプルーアンスへ寄りそっている部隊参謀長が、奮闘するダンカン以下のエセックスを見ながら告げた。

「コア、被弾！」

最後まで無事だった護衛空母コアが、ついに徹甲爆弾の直撃を受けた。

同時に別の報告が舞い込む。

「総員退艦中のアルタハマに、魚雷一発が命中！　甚大な被害が出ている模様!!」

さすがにスプルーアンスも黙っていられず、あえて口を挟む。

「すぐに沈むぞ。退艦を急がせろ」

魚雷を受けた護衛空母は劣悪な艦内構造があだとなり、喫水下の破口から大量の海水がなだれ込む。

浸水を阻止する隔壁も構造上のものを除き最低限しかないため、一度大量の浸水を許したら阻止するのが難しくなる。

飛行甲板への着弾により艦内重要区画を破壊されている状況での浸水は、もはや沈没を確約されたようなものだった。

それにしても……。

エセックスはよく耐えている。

奇跡的な状況と言っていい。なにしろ日本軍の艦上機は、すべて三隻の空母に集中しているからだ。

その中でもひときわ大きいのがエセックスだから、まず真っ先に狙われる。それを見事な操艦と対空射撃で回避し続けているのだ。

いかにＶＴ信管があるとはいえ、それですべてを阻止できるほど万能ではない。

むろん上空で奮戦中の直掩機と、支援のため駆けつけてくれた陸上戦闘機の働きも大きい。

スプルーアンス部隊は航空攻撃隊を出した後のため、直掩に上げることができた艦戦は三〇機のみだ。このうち一八機がＦ６Ｆで、一二機がＦ４Ｆとなっている。

相手が零戦の場合、Ｆ４Ｆは頼りにできない。そこで、Ｆ４Ｆは敵の艦爆や艦攻を阻止する役目にあて、空母直掩はＦ６Ｆに任せた。

これだけでは圧倒的に足りないため、陸上基地から飛んできたP38やP40、F4F、P47など、合計で二〇機が支援してくれている。

彼らの奮戦がなければ、エセックスはとうに海の藻屑となり果てていただろう。

「衝撃に備えろ！」

突然、ダンカンの大声が響いた。

——ズン！

声のわりに鈍い衝撃が伝わってきた。

同時に、ダンカンのいるエセックス艦橋左舷側から見て、ほぼ真横付近にあたる左舷中央に高々と水柱が吹き上がった。

「左舷中央に魚雷一発が命中！」

「軽巡ホノルルに魚雷一、命中！」

「被害確認を急げ！」

左舷には二隻の軽巡が張りついていたが、日本の艦攻が同時多方向から雷撃を実施したらしく、すべてを阻止できなかったらしい。

「被害報告！　本艦の速度が一六ノットへ低下しました。缶室および機関は無事ですが、左舷の損傷部位が抵抗になっているらしく、これ以上出ません！」

機関室との艦内電話に張りついていた艦橋士官が、機関長との合意を得て報告にやってきた。

エセックス、速度さらに低下するも離着可能……。

この事実がある限り、スプルーアンスの判断に変化はない。それを熟知しているダンカンも、まったく動じる気配はなかった。

「敵航空隊、撤収していきます!!」

永遠とも感じられる時が過ぎ、待ちに待った瞬間がやってきた。

さしものスプルーアンスも、ポートランドの艦橋でそっと安堵の息を吐いたほどだ。

ダンカンの鬼気迫る作戦運用により、ついにエセックスは生き延びた。あとは、こちらがくり出した航空攻撃隊が、敵空母を全艦戦闘不可とするだけだ。

だが、スプルーアンスは安堵の表情など微塵も見せず、いつも通りの声で命令を発した。

「ただちに航空隊収容地点へ向かう。その間、日本の小型飛行艇による攻撃に細心の注意を向けよ。軽巡サンファンと第二駆逐隊は、海上漂流中の艦隊員を救助するために残す」

ふと気づくと、護衛空母アルタハマの姿が見えない。あっという間に沈没してしまったらしいが、それをスプルーアンスは見逃さなかったようだ。

「コアの缶室に重大被害。艦速が八ノットまで低下しています。さらには航空燃料に引火、消火も困難になりつつあります」

航空参謀が最新の空母状況を知らせに来た。

戦闘中は艦内各部へ散っていた各参謀も、報告のため続々と艦橋へ戻って来つつある。

たちまち狭い艦橋は熱気で溢れかえった。

「航空隊収容地点へ向かうエセックス以下に追従できない艦は、すべて残していく。救助が完了したら、速やかにモアラ島のナロイ海軍基地沖へ移動し、基地補修隊による応急処置を受けろ。その後は改めて命令を送る」

エセックス自身、一六ノットまで速度が落ちている。この速度に追従できない艦は、もはや敵の攻撃をかわせないと判断した。

不幸中の幸いは、敵航空隊が空母に集中した結果、駆逐艦の大半が無傷のまま残っていることだ。

この状況で日本軍の潜水艦に襲われたら、まずエセックスは助からない。

スプルーアンスの勝利条件のひとつにエセックスを生き延びさせることが入っている以上、エセックスの延命は至上命題だった。

「例の小型飛行艇はやってくるでしょうか」

一連の命令を復唱した参謀長が、心底から心配している顔で聞いてきた。

前回は、敵機動部隊の攻撃後に単独でやってきた。敵も甚大な被害を受けたが、いまエセックスが青息吐息になっている原因を作ったのも彼らである。

「敵の小型飛行艇……あの着水しての雷撃は脅威だが、いま上空護衛についている直掩機と陸上戦闘機を、すべて低空に下ろして集中攻撃すれば大丈夫だろう。

敵飛行艇は母艦の関係から、最大でも一六機と思われる。その数なら完全に阻止できる。さらには、エセックスの左右に健在な軽巡二隻が張りついているから、いざとなれば軽巡が盾となる。彼らには申しわけないが、いまエセックスを失うわけにはいかん」

スプルーアンスの言動は越権すれすれのものだ。

しかし襲天の短魚雷であれば、たとえ軽巡でも数発までは耐えられる。つまり、魚雷を受けても個々の乗員の死に直結するわけではない……。

これまでの戦闘結果から判明した事実が、たとえ後に査問にかけられても作戦運用の範囲内と判断される。そうスプルーアンスに決断させたのである。

*

「東方海上に敵機。距離一〇キロ!!」

重巡筑摩の艦橋に、直上にある上空監視所からの伝音管連絡が入った。

現在の旗艦が重巡筑摩になっているのは、そこに南雲機動部隊副長官の小沢が乗り込んでいるからだ。

南雲機動部隊と合流した小沢機動部隊は、編成はそのままの状況ながら、現実的には元の小沢機動部隊を強化した艦隊構成に変化している。

つまり現在、第一機動部隊の大多数が、長官代理の小沢によって指揮されていることになる。

肝心の南雲は後方海域で待機中だ。

具体的には、二隻の空母――隼鷹／龍鳳を中核として、重巡筑摩／鈴谷、軽巡長良／夕張／鬼怒、駆逐艦一二隻と、元の第二機動部隊よりかなり強化されている。

だが、いま敵の航空攻撃に瀕しているというのに、直掩機の数があまりにも少ない。

上空に上がっているのは、わずかに一〇機のみ。ほかの艦上機は、すべて敵機動部隊殲滅のために出払っている。

ぎりぎりまで航空攻撃につぎ込んだ成果は、つい先ほど航空隊からの無線連絡により判明した。

軽空母一隻を撃沈、一隻を離着不能。

新型の大型空母には魚雷を命中させるも、いまだ飛行甲板は無事……。

七〇機の攻撃隊では、これでもよくやったと誉めるべきだろう。しかも投入した艦上機は、いまや旧型となりつつある零戦三二型／九九艦爆／九七艦攻のみなのだ。

「航空隊への帰還先変更の命令は、きちんと出してあるだろうな」

目と鼻の先まで敵機集団が迫った状態というのに、小沢は出撃していった航空攻撃隊のことを気にしていた。

もう二度と燃料切れによる海上不時着などさせない。そう心に誓った上での厳命だった。

「はい。後方に控えている瑞鶴に一時的な着艦を行ない燃料を補給、そののちエスプリッツサント島の滑走路へ着陸するように命じてあります」

　参謀長が、すべて了解しているといった表情で答える。

　南雲が後方で待機しているのは、瑞鶴を航空隊の一時的な中継艦とするためらしい。むろん、正規空母を温存する意味合いもあるだろう。

「この戦闘が終了して、もしいま指揮下にある二隻の空母が使用不能になったら、残っている直掩機も、そのままエスプリッツサント島へ退避させよ。さっき上がったばかりだから、翔鶴に着艦せずとも飛んで行けるだろう？」

「はい、承知しています」

　そこで二人の会話は途切れた。敵機が上空に到達し、凄まじい対空射撃が始まったからだ。

　二隻の空母には、駆逐艦四隻が密着するように直衛している。この四隻は空母の個艦回避運動にあわせて、機敏かつ即時的な進路変更を実施しなければならない。もし遅れたり間違えたりしたら、たちまち衝突するからだ。

　そして、空母の回避運動を可能とするぎりぎりの間隙をあけ、外周を重巡と軽巡による対空防御陣が取り囲んでいる。そして最外周に駆逐艦……。

　まさに敵の航空攻撃を予測しての陣形であり、好意的に見れば待ち構えていたと言うこともできる。

　しかし肝心の直掩機が一〇機では、一〇〇機前後もいる敵攻撃隊を完全阻止することは不可能に近い。

　ここはエスプリッツサント島の陸上航空隊による支援が是非ともほしいところだが、その支援戦闘機は、つい先ほどまで連合艦隊主隊の護衛を務めていたため、いまは島へ帰還途上となっている。

　つまり、守ってくれる支援機はない。

　このような劣悪な状況で戦わねばならない小沢だったが、その顔は厳しく締まっているものの、絶望感に溢れているというほどでもなかった。

「直掩隊、劣勢です！」

　敵戦闘機はＦ４ＦとＦ６Ｆが混ざっている。真っ先に零戦三二型に襲いかかったのは、やはりＦ６Ｆだ。

　Ｆ４Ｆのほうは艦爆隊に張りつき、急降下直前まで守るつもりなのが明らかだった。

「隼鷹の飛行甲板に着弾！」

　まだ攻撃が始まって五分もたっていないのに、早くも隼鷹が爆弾を受けた。

　ただ、飛行甲板にはなにもなく下の格納庫もからっぽのため、爆弾が命中しても火災は発生しなかった。どうやら中甲板で食い止めたらしく、速度も低下していない。

　隼鷹は飛鷹と同様の改装空母のため、海軍内でも正規空母に含めることに異論のある者も多い。

　しかし元の商船からして、建艦時から空母改装を大前提に設計されたものだから、ほかの改装空母とは違い正規空母に近い抗堪性能を有している。

　その設計上の利点が、いま隼鷹を最悪の状態になるのを防いだのである。

　筑摩艦橋にいる小沢機動部隊の司令部各員は、小沢を筆頭に口を固く結んでいる。

　最初は命令確認のため喋っていた小沢と参謀長も、その後は一言も口にしていない。

　ただただ、報告の声だけが響いている。

　そして、小沢機動部隊の運命を決める報告が聞こえた。

「龍鳳が連続で二発の爆弾を受けました！」

「隼鷹から連絡。当方、離着不能。格納庫大破。ただし艦速その他は正常。以上です！」

　龍鳳の被弾は決定的なくらいの大被害だが、隼鷹はこれ以上の被弾がなければ助かる可能性が高い。ただし戦闘不能なのは確定的なため、速やかに後方へ退避させねばならないだろう。

「敵機集団、一斉に爆弾を投棄しています！」

驚くべき報告が舞い込んできた。

いま報告の声は、投下ではなく投棄と告げた。

ということは、まだ急降下していない艦爆が、はるか上空で爆弾を破棄したことになる。

「目的は果たした……そう告げている」

小沢の口がゆっくりと開き、ことのほか強い語気の言葉が飛び出てきた。

敵航空隊は、二隻の空母を使用不能にしたら、それ以上の攻撃をせずに帰投せよと命じられていたようだ。

いかに日本側の迎撃が手薄だとはいえ、攻撃を最後まで行なえば米側の被害も増大する。

目的を達成したのだから、以後は被害回避を最優先する……。

なるほど合理主義が幅を利かせている米海軍ならではの光景である。もちろん日本側から見れば、かなり意味不明の行動に見えているはずだ。

「軽巡夕張が敵の投棄した爆弾に当たり大破した模様！」

これは運が悪い。重爆の水平爆撃より命中する可能性が低いのに、たまたま破棄した下に夕張がいたらしい。

避けようがない事故のようなものだが、結果的に、敵航空隊が去り際に置き土産をした格好になった。

「龍鳳、艦速低下。缶室区画で火災が発生しています！」

二五〇キロ相当の徹甲爆弾を二発も連続で食らったせいで、最低でも一発が中甲板を貫通して重要区画へ到達してしまったらしい。

こうなると空母は弱い。

とくにダメージコントロールに難のある日本の空母、その中でも軽空母は処置なしになることが多い。

今後に新造される空母や改装される被害空母は、これまでの戦訓を取り入れてダメージコントロールにも力を入れるらしいが、現時点でそれを望むのは無理だった。

なにしろミッドウェイ海戦以降、艦隊の出撃が相次ぎ、改装する時間などまるでなかった。

今回の作戦が終了すれば、ある程度の補修や改装が可能な程度の時間が確保できる。

この大前提があったからこそ、連合艦隊もかなりの被害を覚悟の上で作戦を構築できたのである（撃沈されては元も子もないが、戦闘不能でも補修可能なら艦は温存される）。

「敵が早々に攻撃を切り上げたのは、やはり航空戦力を可能な限り温存するためでしょうか」

参謀長が小沢の言葉を受けて、自分なりの考えを述べた。

「おそらく敵航空隊は、我々の空母を全艦戦闘不能にするよう命じられていたと思う。撃沈することも可能だったかもしれないが、それを達成するために失う機のほうを心配したのだろう。

長期的に見れば米側にとって不利になる判断だが、それもいずれ日米の空母戦力比が逆転すると確信しているのであれば、不利になるという判断すらしていない可能性が高い。

となれば敵の指揮官が考慮するのは、至近の状況での戦力比のみだ。敵にはまだ一隻の大型空母が残っている。味方航空隊の報告では、魚雷を命中させたせいで速度低下を来しているらしいが、飛行甲板はいまだ健在だ。

ということは、航空隊を収容する場所が健在……今後も機動部隊として最低限の攻撃力を温存することに成功したわけだ。

対する我々は、二隻とも戦闘不能に追いやられた。敵からすれば、これは明白な勝利といえるだろう」

自分たちの敗北を、まるで他人事（ひとごと）のように分析する。いまの小沢はどこかしら異常だった。

「これ以上ないほど後味が悪いですが……これも作戦のうちと我慢するしかないですね。個人的には、このような酷い作戦を実行に移した上層部には、とてもじゃないですが……」

さすがに参謀長だけあって、ぎりぎり上層部批判にならない限界点で言葉を濁した。

「理屈では、これがもっとも効率がいいとわかっている。だからこそ我々も作戦実施を了解したのだ。そして、失った艦や将兵に対する責任は、作戦内容を承知した上で了承した我々にある」

いかに胸糞悪い内容であろうと、中身を承知の上で実施したら同罪……。

黒島亀人が立案し指揮の音頭を取った今回の作戦は、最初から小沢機動部隊の悲惨な運命が盛り込まれていた。まさに非道この上ない秘策である。

「さて……戻ろう。作戦に基づき、我が部隊はこれよりエスプリッツサント島の陸上航空隊の支援下に入るため、出せる最大の速度で西へ退避する。その後は被害艦を分離し、元の第一機動部隊へ合流する。

どこまで連れていけるかわからんが、なんとか龍鳳を助けてやりたいものだ。ただし、いつでも総員退艦の用意はしておけ。

どのみち、小沢部隊としての空母機動作戦は終わった。これからは作戦終了まで、南雲機動部隊の一員として戦うことになる。

とは言っても……すべては、いま動きはじめている南雲機動部隊の戦果にかかっているが。南雲さんと広域護衛隊が実施する最後の一手こそが、今回の作戦で最大の賭けとなるのだからな」

南雲と広域護衛隊による最後の一手……。

言いかえれば、翔鶴航空隊と襲天隊による第二次航空攻撃となる。

これこそが、黒島亀人が瞑想につぐ瞑想の果てに編み出した、最大最後の奇策だった。

2

午前六時　フィジー・モアラ島近海

「全機、高度を一〇〇以下に保て。無線電話も、これより交戦予定海域に到達するまで封止する。大丈夫……予定通りにやれば成功する。くれぐれも無茶はするな。以上だ」

最後の無線電話を送った白羽金次襲天飛行隊長は、前席にいる吾妻建児一等兵曹がマイクのプラグを機内有線電話に切りかえるのを待つと、すぐに声をかけた。

「吾妻、魚雷の調整を間違ってないよな」

「間違えるわけないじゃないですか。ただでさえ普段と違う攻撃を強いられるんですから、調整くらい完璧にしておかないと当たるもんも当たりませんよ」

「そうか。すまん」

雷撃は貴様の領分だから、つい心配になった。

襲天飛行隊で最優秀を堅持している白羽だというのに、今日は格別弱気な感じがする。

それもそのはずで、前回、大被害を受けたばかりというのに、今回の攻撃も前回同様、襲天隊単独での作戦実施を命じられたのだ。

しかもGF司令部は、完全に海上護衛総隊司令部や広域護衛隊を無視するかのように、雷撃を実施するまでの飛行航路から進入方法、果ては攻撃方法まで指定してきた。

これまでは、すべて広域護衛隊に任せられていた……。

いわばゆいいつ残された聖域のような部分だけに、いまに至ってこれはなんだと飛行隊の全員が憤慨したものだ。

しかし、GF司令部から連絡のためやってきた航空参謀が、ことこまかに黒島亀人の策を説明したところ、誰も反論できずに黙った経緯があった。

「確認しておきますけど、目標は敵空母だけですよね？　しかも五機一編隊構成に変更しての、三編隊による左舷後方からの狭角度での三方向同時雷撃……まあ、これくらいなら訓練したなかでは中程度の難度ですから、実施するだけなら可能ですけど。でも同時攻撃だと、どうしても外れる魚雷が出ますから、今回の戦果はあまり期待できないと思うんですけど」

吾妻はこれまで、雷撃にせよ爆撃にせよ、飛行隊では菊地機に次ぐ戦果をあげている。

菊地機の戦果はまぐれ当たりだと誰もが認めているから、実質的には吾妻が最優秀の雷撃／爆撃手なのだ。

その吾妻がアテにならない攻撃方法というのだから、おそらくその通りなのだろう。

「まあ、そう言うな。そのぶん飛行隊の生存率が高くなるよう配慮してあるそうだ。だから被害皆無とはいかんだろうが、前回のような酷いことにはならない……そうGF司令部からは言われている」

「どうでしょうかねえ。なんか信用できないんですけど」

死んでしまってから、あれは嘘だと言われても困る。冗談のように聞こえるが、軍においては珍しくない出来事であることも確かである。

「そろそろ黙れ。あと一〇分ほどで予定海域に入る。高度が極端に低いから、見逃したら大変だぞ。いくら小沢機動部隊の航空隊が詳細な位置を知らせてくれて、いまも二機の水偵を張りつかせているといっても、水偵は撃墜される可能性があるから、最終的には自分の目しか信用できん」

高度一〇〇メートルからの見通し距離は、わずか三〇キロ程度しかない。

半径三〇キロ以内に敵艦隊がいなければ見つけられない。これは航空機にとって、ほとんど目を閉じて飛んでいるのと同じである。

そこで襲天飛行隊は、三個の編隊間の距離を二キロと大幅に広げ、少しでも見通し距離を広げる措置をとっている。

敵艦隊を発見した編隊が、真っ先に敵空母後方へ進入する航路へ機首をむける。その行動をほかの編隊が確認して追従する予定になっている。

もし確認ができなかった時のみ、一度だけ無線電話での呼びかけ確認ができる手筈になっていた。

それから一二分……。

淡々とした時間が過ぎ、到着予定時刻を二分過ぎて焦りが出はじめた頃。

二番編隊をまとめている黒洋飛行分隊長の御子柴清人機が、大きく北方向へ進路を変えた。

「見つけたようだぞ。追従する。俺も見るが、見逃すなよ」

白羽の編隊は白羽機が統率している。当然、白羽機が動かなければほかの四機も動かない。

二番編隊の後に続き、高度一〇〇メートルで飛ぶこと三分四〇秒。

「見つけた」

やや右旋回ぎみに北方向へまわりこんでいる最中に、右翼一時方向に敵の駆逐艦が見えた。

そのまま旋回していると、すぐに護衛の軽巡と一隻の空母も遠目に見えてくる。

「このままだと敵艦隊の前方に出てしまうから、一度左旋回して後方から進入する」

操縦は白羽の担当のため、すでに決定事項として吾妻に告げる。

吾妻は懸命に身体と首をねじ曲げ、四機の編隊機が追従しているか確認中だ。

「全機、ついてきてます」

「旋回後、高度を五メートルに落とす。そこから先は雷撃進路となるから、覚悟を決めるならいまのうちだぞ」

「とっくに覚悟してます。いつでもどうぞ」

襲天が抱えている短魚雷は、わずか一〇〇〇メートルの航続距離しかない。

極小の弾体に可能な限りの爆薬を装填するため、燃料タンクが限界まで縮小された結果だ。

これは欠点にしかならないが、その欠点を克服するため接水雷撃という奇想天外な雷撃方法が編み出されたのだから、まさに創意工夫は天の恵みと言うべきだろう。

「上空の敵直掩機、降下しつつあります！」

これまでの雷撃で、敵もこちらの攻撃方法を学んでいる。前回に有効だったものは、今回も有効だと確信しているはずだ。

襲天を阻止するには、できるだけ多くの直掩機を低空へ降ろし、襲天が雷撃進路に入った時点で緩降下攻撃を実施する……。

急降下すると、たとえ銃撃に成功しても海面に激突する可能性がきわめて高いため、じれったくとも緩降下でしか銃撃できないのだ。

そこから先は、襲天の雷撃が先か撃墜が先かの二択になる……。

「反応が速いな。敵も勉強したようだ」

吾妻は雷撃を実施するための最後のチェックに忙しいらしく、白羽の声に答えてくれない。

その白羽も、すぐに忙しくなった。

「敵外縁の駆逐艦を突破。空母を直衛している巡洋艦の隙間を狙え。距離一二〇〇、高度五メートル。行くぞ！」

「いつでも！」

白羽編隊が雷撃コースに乗った途端、敵のＦ６ＦとＦ４Ｆが個々の攻撃目標を定め始めた。

白羽機を狙っているのは、どうやらＦ４Ｆのようだ。

「距離一〇〇〇」

カカカッと軽い振動とともに、右翼の抵抗が少し増えた。Ｆ４Ｆの七・七ミリ弾を数発食らったらしい。


だが、白羽の操縦に支障はない。

「距離九〇〇」

「投下！」

驚いたことに、吾妻は通常の接水雷撃距離である七〇〇メートルではなく、二〇〇メートルも手前で魚雷を投下した。

しかも接水ですらない。

通常の艦攻同様、空中で落としたのだ。

「回避する」

襲天のエンジン音が急激に高まり、Ｆ４Ｆの射撃軸線をそらすように左旋回を始める。

通常の接水雷撃では、敵艦の左舷後方から進入した場合、雷撃後は右方向へ旋回する。前回も前々回もそうだったから、敵が学習しているとすれば右側へ見越し射撃を実施する。

その想定の裏をかくため、今回は左旋回するよう命じられていた。

「ほかの編隊機も順次雷撃中！」

本来なら牽制のための銃撃を開始しているはずの吾妻が、前方に目標がいないせいで撃てず、しかたなく後方確認をした結果を報告してきた。

「敵さん、思ったより慌ててるぞ。まさか九〇〇で雷撃するとは思っていなかったようだな。左旋回も利いてるな」

してやったりと言った風に、白羽の軽口が飛び出る。

「さて……あとは任せた」

白羽が意味不明な言葉を吐いた直後。

右翼四時方向、ぎりぎり翼に隠れようとする直前の敵空母に、盛大な火柱が上がった。

「うひょー。ありゃ五〇〇キロ徹甲弾だな。食らったらタダじゃすまんぞ」

エセックスの飛行甲板に、五〇〇キロ徹甲爆弾が炸裂した爆発炎が上がっている。すぐに翼の陰に隠れてしまったが、再確認している余裕はなかった。

「敵外縁を突破した。これより回避運動をしつつ高度を上げる」

白羽は敵直掩機の追撃を考慮し、一本調子で高度を上げることはしない。ただし、敵機が追撃してくる可能性はきわめて低い。

なぜなら……。

いまエセックスを攻撃した南雲航空隊六〇機が、はるかな高みにいるからだ。

敵艦隊から連絡を受けた敵直掩機は、いま頃大慌てで高度を稼ごうと必死になっているはず……。

そこに襲天隊が逃げ延びるチャンスがある。

南雲機動部隊には、瑞鶴一隻が残っていた。

随伴しているのは二隻の軽巡と一〇隻の駆逐艦のみだ。あらかたの艦を小沢機動部隊へ渡した結果、ここまで小規模になってしまった。

往年の大艦隊からすれば涙が出るほど矮小化した姿だが、これこそが黒島亀人の最後の矛だった。

襲天隊による雷撃は、あくまで敵の注意を引きつけるためのものだ。

だからこそ命中率の落ちる九〇〇メートル、しかも接水しない雷撃、無駄弾が出る同時攻撃を実施した。すべて戦果より敵艦隊を混乱させることを優先した攻撃である。

敵直掩機を低空に引き寄せた瞬間、高度四〇〇〇メートルから彗星三〇機が逆落としに急降下爆撃を実施する。

それだけではない。襲天隊が退避中に、反対方向から天山隊一二機が雷撃突入している。

ともかく敵の直掩機と対空射撃を低空域に集中させるという意味では、天山隊ですらも囮をかって出たことになる。

あくまで攻撃主力は艦爆の彗星隊だ。

航空攻撃隊を収容するため東へ逃走しつつ着艦態勢をとっていたエセックスは、結果的に三発の直撃弾を飛行甲板に受けた。

そのほかに左舷スポンソンの対空砲座にも一発。

襲天隊の雷撃は二発が命中。集中同時雷撃のためほかの魚雷は外れたが、その外れ魚雷を直衛していた軽巡二隻がそれぞれ二発と三発食らった。

天山隊は距離一二〇〇から雷撃したが、すでに低空に降りていた敵直掩機に三機が落とされた。

しかし残る九機は雷撃を実施、うち一発がエセックスに命中。二発が軽巡に命中した。

襲天隊の被害は、三番編隊から一機の喪失機が出ている。

被弾機は六機と多いが、被害が大きかったのはF6Fの一二・七ミリ機銃弾を食らった機のみで、ほかは小破程度で飛行に支障はない。

結果的に、二機の被弾機が帰路の途中で着水を余儀なくされ、乗員は大型飛行艇に救助されたものの、二機は水没処理となった。

エセックスは速度が四ノット以下――ほぼ漂流状態にまで追い込まれた。

飛行甲板は見事なほどめくれあがり、完全に離着不能……。

スプルーアンスは、なんとかしてサモア方面へ連れて帰ろうと努力したが、あまりにも艦隊の足を引っぱるエセックスに難儀し、午後四時、泣く泣く自沈処理となった。

かくして……。

ついにスプルーアンスは全稼動空母を失い、フィジーおよびサモアの空母による防衛が不可能になったのである。

*

三一日夜……。

「これよりフィジー上陸作戦を開始する」

南雲機動部隊と米空母部隊による最後の戦いが終了した後、ＧＦ司令部は、まず米空母部隊の逃走を時間単位で追跡した。

そして、ほぼ航行不能となったエセックスが自沈処理されたのを確認したあと、翌日――一九四三年の元日朝（日本時間では二日だが）に、エスプリッサント島の陸上航空隊を使い、徹底的なモアラ島滑走路の破壊作戦を実施した。

さすがに連合軍最後の空の砦はしぶとく抵抗したが、どのみち今夜には日本海軍の戦艦部隊による砲撃が確実に行なわれる……そう判断したらしく、夕刻が迫る頃には大半の機がサモアの航空基地へと飛び去って行った。

まだ一部の滑走路が使える状況にもかかわらず、モアラ島にいた六〇機あまりの陸上航空機（一連の戦闘前には一二〇機以上いた）は、サモアまで飛べない機を除き存在しなくなった。

　残された機は旧式で足の短い単発機や陸軍観測機のため、実質的にフィジーの航空戦力は壊滅状況になった。

　さきほど大和艦橋において山本五十六が新たな作戦命令を発したのも、これらの流れを確認した上のことである。

　それにしても……。

　連合軍――実質的には合衆国軍がフィジーを放棄する決定を下した理由は、間違いなく南雲機動部隊に一隻の空母が生き残ったためだ。

　たった瑞鶴一隻、搭載機数七六機（出撃時は八四機）の中型空母の存在が、南太平洋の趨勢を決定したのである。

　双方ともに、あれだけの艦と航空機をくり出した、名実ともに史上最大の海戦を繰り広げた結果が、わずか一隻の空母という有利条件……。

　双方の指揮官が知恵の限りを尽くして戦った結果がこれでは、まさに勝利は紙一重である。

　しかし、勝ちは勝ちだ。

　それを証明するかのように、山本のとなりにいる黒島の顔は、いつにも増して不気味なほど上機嫌な表情を浮かべている。

「強襲部隊は二手に分かれ、フィジー西部のモミ湾への上陸支援と南西部のサナサーナに対する艦砲射撃を実施せよ。主隊はフィジー北西にある要衝ナディの破壊作戦を皮切りに、北北西のラウトカを攻撃する。

　前進部隊はモアラ島へ直行し、生き残っている敵滑走路を明日朝までに完全破壊せよ。

　そのほかのバトア島／タベウニ島／ガロア島にも敵の予備滑走路の存在が確認されているが、いずれも航空機が滞在していないため、後日、順次破壊する。

　ともかく……明日の朝までにナディ近郊の浜に橋頭堡を構築することを最優先とし、上陸本隊となる第六師団が上陸するまで、先陣となる第六陸戦隊派遣隊と独立混成第三八旅団は、敵陸上部隊の反撃を阻止することに専念せよ。

　なお、橋頭堡構築後の陸上部隊は陸戦隊を含め、すべて第六師団を率いている神田正種中将の指揮下へ入る。

　その後も、連合艦隊は支援および増援輸送任務を実施するが、フィジー攻略作戦からは離脱することになる。あとは陸軍さんの活躍に期待しよう」

　連合艦隊が直接的に関与するのは、陸軍と陸戦隊を上陸させるまで。

　その後も、陸軍司令部の要請があれば砲撃支援や航空支援を実施するが、基本的には作戦運用および作戦判断は陸軍司令部へ委譲する。

　連合艦隊は、これでようやくひと息つける……。

とはいえ、まだサモアへ逃走した元米空母部隊もいることから、南雲機動部隊の指揮権を小沢へ委譲し、小沢長官指揮下の第一航空艦隊として当面のあいだ残留させることになった。

　南雲は長官職を退任するとともに、被害を受けてラバウルへ一時帰港しているほかの空母や艦船とともに、日本本土へ戻る予定になっている。

　三個ある水上打撃部隊もそれぞれ被害艦を出しているため、上陸部隊がフィジーの中心都市であるラウトカを制圧した時点で、主隊とGF司令部はトラック諸島へ戻る。その際、被害の大きかった近藤部隊は戦艦隊を分離し、主隊へ合流させる。

　トラックに戻った主隊は若干数の艦を残し、被害艦の護衛も兼ねて日本本土へ戻る予定だ。

　これにより近藤部隊は重巡主体の構成になるものの、健全な艦のみとなる関係で、ここしばらくの作戦運用に耐えられると判断された。

栗田健男率いる強襲部隊は輸送船団を引き連れたまま、引き続きフィジー攻略支援の任務につく。

所属する戦艦——金剛／霧島も、必要があれば対地砲撃支援を実施できる態勢で待機することが決定している。

フィジー本島を完全に制圧したのちは、サモアにいる敵残存艦隊の動向次第だが、最低でも栗田を指揮官とする打撃部隊と小沢が指揮する空母部隊の二個が、交代できる部隊が派遣されるまで残留することになっている。


かくして、夏から始まった一連の南太平洋作戦は、ついに日本側の勝利で幕を閉じることになったのである。

だが……。

『本当に日本側は勝利したのだろうか』


そう疑問の声をあげたのは、あろうことか作戦立案者の黒島亀人本人である。

山本が上陸作戦の開始を命じた後、ひとまず海軍主導の作戦が終了したことでGF司令部各員に声をかけていたところ、立て役者であるはずの黒島がそれまでの笑みを消し、いつもの難儀な表情に戻った上でそう言ったのだ。

どうやら意味ありげな笑みは、黒島特有の自虐的かつ複雑怪奇な心理状況を表わしたものであり、単純に勝利を喜んでいたわけではなかったらしい。

「フィジー上陸作戦が成功する可能性はきわめて高いのだから、これは勝利と判定すべきではないか？　貴様の作戦目的でもそうなっていたはずだが？」

黒島の真意を計りきれず、山本はわずかに狼狽(ろうばい)しながら小声で聞きかえした。

「作戦稼動が可能な空母は瑞鶴のみです。これは最後の航空戦において戦術的な勝利を得た結果ですが、あの戦いはきわどいものでした。

敵の大型空母が生き残り、瑞鶴が戦闘不能に追い込まれた可能性も半々であったのです。

そうなっていればいま頃、我々は敗北判定を噛み締めながら、全部隊の撤収を実施していたでしょう。

最後の最後になって、論理的な作戦運用ではなく博打になってしまった……この事実は、敵の指揮官が優秀であれば充分に気づいているはずです。

そして今回の敵将は、米海軍でも筆頭と思えるほど優秀でしたので、戦闘結果が丁か半かの半々で決まることを事前に予測していたとしても不思議ではありません。

ではなぜ、博打とわかっていて戦いを挑んできたのか。これを考慮に入れないと、本当の勝敗もわかりません。

もし敵将が空母すべてを失っても構わないと考え、それでも挑んできたとしたら、敵の敗北条件は空母全喪失ではないことになります。

敵の勝利条件が、こちらの空母のすべてを戦闘不能に追い込むことだったのは、最後の攻撃を見ても明らかでしょう。

となると、敵は勝ちはしなかったものの、下手をすると負けたとは考えていないかもしれません。つまり、敵の判断は痛み分けとなった可能性があるのです。

ご存知のように日米の国力差があるせいで、痛み分けの戦闘結果は我が方に不利となります。実際問題、瑞鶴だけ生き残ったところで、大局的な戦力差は変わっていません。

我々は戦略的な戦いにおいて戦術的な勝利を得たものの、戦略的状況は変わっていない……これが米側の最終的な結論になれば、いずれ連合軍は反攻作戦を実施するはずです。

それまでは、こちらが講和を求めてもはぐらかされる可能性が高い……これが、自分がいま危惧していることです。今回の微妙な結果は、すべて敵の指揮官が優秀すぎたことにあります。

自分の立てた作戦は、あれほど優秀な指揮官を想定していませんでした。

たぶんソロモン海作戦を指揮した者が、引き続き南太平洋の守備についていると考えていたのですが、米海軍はハワイから新たな指揮官と艦隊を派遣してきました。

ただし、あれほどの被害を出した以上、今後にやってくる指揮官は同一人物にならないと思います。今回の指揮官は防衛戦に特化した人物であり、反攻作戦のような攻勢状況では不適となりますから。

まあ、ともあれ……最低限の時間は稼げました。これから半年は連合軍も大規模な作戦を実施できないでしょう。

艦の新造自体は、数ヵ月後には最低数を満たせると判断していますが、新たな艦や艦隊は訓練なしには動かせません。

それらを加味した実質的な作戦艦隊編成および実動が可能になるのは、どうしても半年後の夏となります。

これは我々も同じですが、戦闘不能になったものの残存している艦が多いため、所属将兵の多くも健在である以上、現役復帰も早くなります。空母と戦艦の修理に最大三ヵ月、なにか改装することになれば四ヵ月が必要ですが、四ヵ月後には作戦運用が可能になります。

ほかの艦は修理に二ヵ月、艦隊復帰までに三ヵ月を想定しています。つまり我々は、春には新たな作戦を実施できるのに対し、合衆国側は夏まで動けなくなる。この差をどう生かすかが、今後の鍵となるでしょう」

どうせ黒島のことだから、今後の作戦も何か考えているはずだが、いまここでそれを口にするのは明らかな越権行為となる。

黒島はGF参謀部に所属しているものの、参謀長でも作戦参謀でもない。山本五十六に専属する専任参謀でしかないのだ。

つまり黒島は、山本が今後の作戦について『よい知恵はないか』と相談しない限り、この件に口を挟むことはできないのである。

そこのところは山本も重々承知している。

ただでさえ、最近の黒島はGF参謀部内で浮きまくっている。宇垣参謀長との軋轢(あつれき)も相当なものとなっているようだ。

これを丸くおさめる責任がGF長官にはある。

そう考えている以上、山本が黒島をふたたび活用するのは、一度日本本土へ戻り、新たな艦隊編成を終えた後になるだろう。

これから続々と完成する艦群により、連合艦隊は大きく様変わりする。

それらが現実のものになってからでないと、新たな作戦を立てるのは困難だ。おおよその予想が可能となる春までは、ともかく残存艦で部隊を編成し、確保した地域を守備することに専念しなければならない。

むろん、陸軍には陸軍の思惑があるはず……。

とくに米豪連絡線が遮断確定となったことで、オーストラリアが孤立する。

すると、オーストラリアから大量の物資を受けとっているインドは、遠くアフリカの喜望峰を迂回しての支援しか受けられなくなる。

いまインドでは、日本の裏工作もあって独立紛争に火がついている。

なけなしの物資は英植民軍の維持だけでなく、植民地運営に不満を持つ一般民衆を懐柔するためにも消費されるため、これをおろそかにすると一気に独立運動が拡大する恐れがある。

インドがぎりぎりの状況になると、次に困るのは援蒋ルートを介して支援を受けている中華民国となる。

一連の南太平洋作戦が実施されてからは、すでに実質的な援蒋ルートによる支援は途絶しており、半年が経過した現在、中国国民党政府は日本軍の進攻を阻止するどころか、これまで国共合作で一時的な休戦状況にあった中国共産党軍のコントロールすら不可能になりつつあった。

援蒋ルートが途絶すれば、中華民国は完全に孤立する。

孤立した国家が何を考えるか……。

それをいま、日本は軍部だけでなく政府から財界まで総出で探っている最中である。

これは中華民国だけでなくオーストラリアとニュージーランドにも言えることなので、ここ当面……一九四三年の夏頃までは、日本が最優先で対処しなければならない政治的課題となるだろう。

それらすべての土台となる作戦が、いまここに終了したのである。

3

一九四三年二月　カビエン

二ヵ月が経過し、戦闘による傷もようやく癒えはじめた感がある二月一二日。

久しぶりに日本本土からの大規模な輸送船団が到着したこともあり、ここカビエン基地は色々な意味で活気づいている。

「聞いた話じゃ、連合艦隊の総旗艦が交代したってさ」

自称情報通の三国惣吉が、いつもの調子で茶をすすりながら菊地に言った。

二人がいる場所は、例のごとく基地内の兵員食堂だ。ほかにも襲天陸上訓練隊に所属する数名がいる。

案の定……悪い予感が当たり、菊地たちは愛機を失ったせいで陸上勤務となり、ほぼ訓練隊と同じ仕事をさせられていた。しかも階級だけは昇進しているせいで、よけいにバツが悪い。

一連の戦果を考慮され、三国は二等兵曹へ、菊地は一等兵曹になった。もし機体喪失がなければ、もう一段階上がっていたはずだ。

「知ってるよ、武蔵だろ。じつは去年の八月には完成してたけど、しばらくは極秘扱いになってたんだよな。それが今回、晴れて連合艦隊総旗艦に抜擢されたことで、ようやくお披露目になったそうだ。

交代した大和は、最新鋭装備の武蔵に合わせるため改装するんだって。だけど、この前の作戦で戦艦や空母がいくつも被害を受けたから、いまは最優先かつ大車輪で修理してるだろ?

本来、大和の改装は長崎で行なう予定だったけど、長崎のドックには信濃がいるから入れない。そこで横須賀のドックで改装することになったんだけど、今度は信濃の艤装をやる予定だった横須賀が埋まっちゃった。

しかたなく信濃の艤装は、そのまま長崎でやるんだってさ。せっかく横浜に大和も入れる七万トンドックが完成したってのに、いまそこでは二隻の雲龍型空母が建艦中だから、横浜も駄目……。

一時期はいろいろ新しいドックや船台が新規に整備されてすごいって思ったけど、いざ被害艦や新造計画が軌道に乗ったら、前と同じく足りなくなっちゃったんだって。ほんと、うまくいかないもんだよなー」

「おい、菊地！　なんでそんなに詳しいんだよ!!」

　本気で三国が驚いている。

　いま聞いた話は、とても飛行隊員ふぜいが知っているようなものではなかったからだ。

「なんでって……ほら、俺たち一時期は連絡武官扱いで峯風に乗艦してただろ。あの時に俺、作戦参謀の宗道継（そうみちつぐ）大尉付きになったじゃないか。

　貴様は操縦士だから航空隊長の剣崎守大尉付きだったから知らないと思うけど、広域護衛隊に届く上層部からの機密度の高い通信は、隊司令に届ける前に宗参謀を通す決まりになってるんだ。

　でもって、俺は宗参謀に機密文書を届ける役目だったから、いつも参謀の前で読み上げさせられたんだ。その役目はカビエンに帰ってもしばらく続いたから、最近の機密事項ならだいたい目を通してるんだ」

　むろん、三国にも教えられない重要機密もたくさんある。いま武蔵の話題を口にできたのは、すでに機密解除扱いになっているからだ。

　そして菊地は、いま内心そわそわしている。

　三国にも教えられない最高機密扱いの情報のひとつに、二人にとって密接に関係することがあり、それが今日にも機密解除されるからだ。

「あー、白羽分隊長、なにしてるかなあ……」

　二人に情報を持ってくるとしたら、おそらく白羽になる。それをもって機密解除となるのだから、待ち遠しすぎる……。

　そう思ってる菊地は、わざとらしく白羽の動向を気にしてみた。

「分隊長なら、朝に輸送船団が到着したから、遠洋に戻ってるはずだぞ」

菊地の話の真意がわからず、三国が怪訝そうな顔になっている。そこへ、ひょっこりカビエン基地司令の瀬高和義少将がやってきた。

「菊地と三国、秋津が探してたぞ。すぐに予備隊員を連れて埠頭浜へ急げ」

どうやら基地司令自ら、伝言を伝えにきたらしい。いやはや物好きと言おうか暇と言おうか……。

言われた二人は、もう半分パニック状態である。

「はっ、はいっ！」

弾かれたバネ人形のように立ち上がり、一目散に走り出す。そのまま全速力で桟橋のある通称『埠頭浜』までの五〇〇メートルを走りきった。

「おーい！」

白砂の浜辺に、襲天飛行隊員とともに秋津小五郎中佐が立っている。その背後には、なぜか襲天がずらりと勢揃いしていた。

「……あれ？」

「なにが始まるんです？」

三国と菊地は、それぞれ違和感を言葉にした。

全力疾走の直後のため息が切れ、疑問の言葉は途切れがちだ。

秋津は二人が落ち着くまで、ずっと笑顔を浮かべたまま待ってくれた。

「輸送部隊が新しい襲天を届けてくれたぞ。合計、なんと二〇機だ。一月と二月で六〇機が生産されたんだが、そのうちの二〇機をまわしてくれたんだ」

「はあ……そんなに増やしてどうするんですか」

菊地の疑問も当然である。

現在の広域護衛隊には一四機の襲天がある。

在庫の機体や部品すべてを完成機にしたため、倉庫には何もない。

本来であれば飛行隊に一六機、陸上訓練隊（予備隊）用に四機の合計二〇機いるのだが、今回新たに二〇機も補充されたら合計で三四機になってしまい、かなり余分な機が出てしまう計算になる。

「貴様の目は節穴か……あ、そうか。菊地、もうごまかさなくてもいいんだぞ。新襲天関連の機密事項は、すべて解禁された。

後ろにならんでいるのは、すべて新襲天だ。今後、広域護衛隊の襲天は、すべて新型の襲天三三型になる。陸上訓練隊を含めてな」

じつは知っている菊地以外の全員が、どよっと驚きの声をあげた。

「新……襲天ですか？　あっ、後部座席の風防が変わってる！」

いち早く新襲天の特徴に気づいた三国が、指をさして大声をあげる。秋津のとなりにいる白羽が、それを受けて嬉しそうに口を開いた。

「見た目はあまり変わってないが、じつは大幅な強化がなされている。たんなる改造じゃなく、ほとんど新型に近いんだ。

なんでも俺たちの働きがすごかったせいで、内地の陸海軍のあいだで襲天の運用を見直す気運が高まり、今後は護衛総隊以外でも運用するための大幅増産が決定したそうだ。

増産自体は一二月の段階で決まっていて、本来なら一月ぶんの配備として用意していた新襲天だったが、二月まで待って増産を軌道にのせ、一気に部隊ぶんを更新できるようにしたそうだ。

なんと発動機は、まっさらの新型だぞ！　制式名称は『三菱土星』だ。強制空冷星型一八気筒・四二リットル……今後は大型爆撃機にも使われる、金星の後継発動機になるやつだ。

そいつに低圧排気式過給機を取りつけた結果、低速域での高トルク特性を維持したまま、高燃費と高回転域での高出力の両立を成功させてある。

最高出力は最大一九六〇馬力だ。ただし、非過給時は一五九〇馬力となる。

　問題が多かった排気タービンも、滋賀の大津に専門の工場が完成したせいで、ようやくタービンブレードの量産が可能になった。工場生産だから品質も安定したそうで、最低でも二〇〇時間は大丈夫だそうだ。

　機体も改良されている。全長が少し伸びて一〇・五メートルになった。最大速度は四七〇キロ。航続は爆装なしで四二〇〇キロ、爆雷装時で三六〇〇キロと大幅に延長されている。

　そして最大の変更は、搭載魚雷が二式五〇〇キロ航空軽魚雷に変更された。これまでの二倍近い威力の新型軽魚雷だ。

　こいつは海軍の軽空母に搭載される新型軽艦攻用に開発されたものだが、襲天もそれに合わせた形になった。どうだ、すごいだろう」

秋津はよほど嬉しいらしく、まるで自分の子供を自慢するかのように新襲天を誉めたたえている。

「菊地……知ってたんかよ」

　小声で三国が恨めしそうに囁(ささや)く。

「悪い。機密扱いだったから」

「まあいいさ。で結局のところ、俺たちも新型が来たんだから、飛行隊に戻れるんだよな」

「それは知らない……」

　二人の囁きを耳にした秋津が、いきなりにらんできた。

「こら、勝手にしゃべるな。ちなみに、いま三国が言った通りだ。菊地と三国の両名は、本日ただいまをもって遠洋飛行分隊二番機に復帰することになった。

　じつはこの集合、新型襲天のお披露目だけでなく、飛行隊員と予備隊員に対しての、機体交換および割り当てを実施するためのものだ」

ようやく菊地も納得できた。

飛行隊の全機を一気に新型にするためには、これまで使用していた機を下ろして母艦に載せかえなければならない。そのためには飛行隊員が必須のため、こうして集合させたのである。

「陸上訓練隊には当面、四機の新襲天と四機の従来型を配備する。今回、部品は在来機二機ぶんと新型機二機ぶんが届いているから、それらは倉庫に納入する。残りの在来型一〇機は、輸送船に載せられてソロモン諸島方面の水上機基地に再配備することになっている。

今回の一括装備更新により、海軍の水上機基地にも新型や在来型の襲天が正式に配備されることになったから、うかうかしていると手柄を横取りされるぞ。それが嫌なら、本家本元の意地にかけて猛訓練するんだな」

まるで他人事のような口調だが、猛訓練をさせる張本人が秋津なのだから、秋津がそう言えば現実のものとなる。

考えてみれば、これほど恐いことはなかった。

居並ぶ一同が一斉に震え上がるのを見て、ようやく秋津も満足したらしい。

「よし、ではこれより機体の交換および受け渡し作業を開始する。指揮は白羽が行なうので、きちんと命令を聞いて行動しろ。以上だ！」

ようやく解散となり、白羽以外の幹部は基地司令部に向かって移動していく。

残された飛行隊と予備隊の面々は、白羽の指示で自分たちの機に搭乗し、飛行隊は沖にいる母艦へ、予備隊は間借りしている海軍水上機基地へ行くことになった。

かくして……。

長かった激戦の時期が過ぎ、広域護衛隊にも新たな風が吹く時期が訪れたのである。

＊

同日、ハワイ真珠湾……。

合衆国海軍太平洋艦隊司令部の名物ともいえる巨大な構造物――作戦に関するさまざまな部門が集まっている、大型格納庫のような柱のない屋内の中央付近。

そこに、いまスプルーアンスのいる作戦指揮ホールがある。

「これじゃ駄目か」

椅子に座りながら、立っているスプルーアンスを見上げているのはハルゼー中将である。

ハルゼーの正式な名前は、ウイリアム・フレデリック・ハルゼー・ジュニアだ。

『ジュニア』がついているのでもわかるように、父親はW・F・ハルゼー・シニアであり、親譲りの名といえる。父親が海軍中尉の時に生まれたため、親子二代の海軍家族となる。

日本でハルゼーの名を知る者は、あのドゥーリットルによる東京空襲を実現した空母部隊を率いた提督としてのものだろう。合衆国政府が真珠湾の仕返しとして短波ラジオ放送で喧伝したおかげで、日本人の中にも知れ渡っている。

猪突猛進で恐いもの知らずの無鉄砲……。

ようは、考えなしの荒くれ者といったところか。

だが経歴を見てみると、そうでもないことがわかる。

なんと一八九七年には、バージニア大学の医学部に合格しているのだ。そのまま順調にいけば、海軍軍医になる予定だった人物である。

ところが一九〇〇年に、マッキンリー大統領の指名により海軍兵学校に入学するという驚くべき転進に成功、卒業してすぐ少尉候補生として戦艦ミズーリに乗艦するなど、人も羨むような人生の花道を歩んでいる。

つまり、派手な行動もじつは熟慮の結果であり、もとから頭のいいところに度胸もあるといった、いわば優秀なギャングの親分のようなカリスマを持った男……これがハルゼーの真の姿と言えるだろう。

「惜しいですが……駄目ですね。いまの連合艦隊は、無理に力押しすると裏をかかれます。かといって、相手の策にはまるのを嫌がっていては遅れをとってしまう。正攻法で攻めると奇策でひっくり返される。まったくもって、やりにくい相手です」

この会話は、ハルゼーが提案した作戦プランに基づき、太平洋艦隊参謀部を動員しての机上検討を行なっている最中に出たものだ。

ついこの前まで実際に戦っていたスプルーアンスが、ハルゼーの作戦プランを擬似的に実施したものを見学し、あちこちにひそんでいる欠点を見いだす。それを受けてハルゼーはプランを練り直す。

あたかも水と油のように違いそうな二人なのに、果たしてそのような連携プレーができるのだろうか。

それが可能だから面白い。

スプルーアンスは一九二〇年に、ハルゼーが率いていた駆逐隊に所属する駆逐艦アーロン・ワードの艦長に抜擢されている。

その頃からハルゼーの評価は高く、スプルーアンスもハルゼーを尊敬に値する上官との感を強く持つようになった。

その後も公私を問わぬつき合いが続き、現在では家族ぐるみでプライベートなつき合いをする仲になっている。

灰色の頭脳を持つ男、鉄仮面、冷血漢と陰口を叩かれるスプルーアンスが、じつは熱烈なハルゼーの支持者でありファンであり友人でもある。
最大限の評価を与える上官なのだから、自分が敷いた路線の後に反攻作戦の主役としてバトンを渡すのも当然のことである。

これまでのスプルーアンスの作戦運用は、むろんのこと連合軍や合衆国軍の太平洋戦略に基づいたものではあるが、その範疇（はんちゅう）においては異端ともいえる迂遠な行動に終始した。

まだ反攻の時期ではないと大統領府が決断した以上、スプルーアンスは進攻してくる日本軍をせき止めると同時に、連合国の短中期的な利益を最大限守らなければならない。

ただ勝つだけでは駄目で、相手の進攻速度を遅らせつつ戦力も漸減しなければならない。

それでいて、米豪連絡線という国家レベルの巨大な生命線を完全に遮断させないよう配慮しなければならない……。

口で言うのは簡単だが、実際に破竹の勢いで南太平洋へやってきた日本軍を相手に、これを実現するのは途方もない知恵と実力と判断力、そして恐ろしいほど冷徹な指揮が必要になる。

それをスプルーアンスは見事にやってのけた。

たしかに結果だけ見れば、またもや太平洋に存在する正規空母すべてを失い、一時的にフィジーを取られてしまった。

いや……。

二月現在、フィジー諸島だけでなくニューへブリディーズ諸島も完全陥落しており、周辺の制空・制海権を確保したい日本軍は、手薄になっているフランス領のニューカレドニアにも少数の上陸部隊を送りこんでいる。

結果的に米豪連絡線は、ほぼ南太平洋の中央部で遮断された格好になっている。

それでも完全に途絶したわけではない。

日本軍の潜水艦部隊を避けるため、合衆国西海岸やハワイ方面から、一度大きく迂回して南アメリカ大陸寄りの航路を使い、ポリネシアからクック諸島、ニュージーランドへ南下、そこからオーストラリア南西部へ向かうラインを応急の輸送路として開拓している。

しかしやはり、サモアからフィジーを通る航路に比べると倍近く遠い。

さらにはクック諸島からニュージーランドへ至る海域は、季節によってはかなり荒れることで有名で、無理をして押し通ろうとすると沈没しかねない魔の海でもある。

日本軍が南太平洋で暴れはじめた去年の夏以降、オーストラリアとニュージーランドへ輸送される物資量は、往時の三分の一以下にまで低下してしまった。

それも日本軍の潜水艦部隊が多数送りこまれるにつれて、さらに悪い状況へと推移している最中だ。

米海軍情報部の予想では、反攻作戦が予定されている夏頃には五分の一以下にまで落ちるとなっている。ここまで低下すると、オーストラリアを万全に防衛することは不可能に近い。

最近になってボーイング社の航空機製造工場が起工されたものの、それすら部材不足のため遅延しはじめている。

オーストラリアにはろくな軍需産業がなく、小銃すら大量生産するのが困難な状況にある。大規模な自動車工場もなく、造船ドックもあるが軽巡すら作れない。

輸送量が五分の一以下になると、事は軍事だけにとどまらない。都市のインフラを支えるさまざまな文明の利器のほとんどが米国製であり、それが入って来なくなるのだ。

　燃料となる石油も細る。いくらボーキサイトや鉄鉱石などの鉱物資源が豊富であっても、それを合衆国に運べなければ野積みのまま雨ざらしになるだけだ。

　さらに脅威なのが、食品の一部を完全に合衆国に異存している現実がある。

　食料が欠乏すれば国民も黙っていない……。

　では、反対側のインド洋から運びこむのはどうか。これもなかなか難しい。

　まずインド自体が巨大な消費地であり、オーストラリアが欲しがる製品の生産地ではないからだ。しかもインドへ至るには、長大な喜望峰経由の航路しかない。

　大西洋にはUボートが散らばっているせいで、英国支援航路だけでなく、赤道直下からアルゼンチン沖に至る付近でも、時おり輸送船団が餌食になっている。

　もし合衆国が本格的にインド航路を充実させるとなると、ドイツもただ見ているわけにはいかないだろう。確実に連合国の結束を低下させるため、大幅な南大西洋における商船破壊作戦を展開してくるはずだ。

　これは日本も同じだが、日本は太平洋を担当し、大西洋はドイツに任せる可能性が高い……。

　スプルーアンスの辛い採点に、ハルゼーがぶすっとした顔で答えた。

「それなら、日本の冷静さを吹っ飛ばしてやればいい。真珠湾の仕返しに東京空襲を実施したところ、日本軍は血相を変えてミッドウェイを取りに来た。

　それまで万事が好調だったのが、あの海戦で大幅に路線変更を余儀なくされたはずだ。

日本人は黄色い猿にしては賢いが、しょせんは猿だ。ちょっとつつくと、すぐ頭に血をのぼらせてキーキー泣きわめく。まず怒らせて我を忘れさせ、飛び出て来たところを叩き潰す。これでいいだろう。

まあ、相手に策士がいるという貴様の話は信じてやる。ならばその策士に対する策は、相手が飛び出て来た後の部分で使うとしよう。その部分は貴様のアイデアを活用させてもらう。

本当は貴様にも一個任務部隊を率いてもらい、一緒に戦いたいのだが……あれだけの被害を出してしまっては、さすがに東海岸のお偉いさんたちも承知してくれない。だから表舞台は俺が引きうけるから、貴様は作戦面での補佐を頼む」

ハルゼーの高飛車な口振りを、スプルーアンスは気にしていない。それどころか、これこそがハルゼーだと嬉しそうだ。

「最初からそのつもりでしたから、何も問題ありません。大丈夫、何度か戦ってみて、敵の策士の癖も覚えました。次からは、あえて相手の策に乗る必要もありませんので、自由にやらせてもらいます。

問題は、私の策を実行するのが自分の部隊ではないことですが、その点は閣下を信頼していますよ。閣下は凄まじい決断力の持ち主ではありますが、決して無謀ではない。それを知っているからこそ引き受けるのです」

家族同士のつき合いで『閣下』はないだろうが、これはハルゼーのニックネームみたいなものらしい。

「俺は結果を出すためにはなんでもする。言いかえれば、結果が出ないようなら手を替え品を替えてでも、強引に結果に結びつける。

だから貴様の策を採用するのも、俺の作戦プランに穴があるせいだ。穴さえ埋まれば作戦は完璧なものになる。それでいい」

「まだ実施までには相応の期間があります。何度でも修正し、満足のいくものに仕立てましょう。そのうち日本の情報も入ってくるでしょうし」

いまは二月。

作戦開始予定は八月。

じつに六ヵ月間の準備期間がある……。

「そのあいだに日本が仕掛けてくる可能性もあるぞ」

「ええ。とくにサモアは危ないでしょうね。しかしそれは、あまりに正攻法でもあります。誰が見ても、サモアさえ取れば日本の南太平洋における覇権は確定する。

あの策士が、そんな凡百な作戦を実施するとは思えません。本当に仕掛けてきたところで、また前回同様の消耗戦になるのは明らかです。そして今後の消耗戦は、一方的に日本の不利に働きます。

いざ我々が反攻作戦に着手した時、ろくに艦が残っていない状況にするとは思えません。その前に、確実に講和を模索する。それしか日本が生き残る道はありません。

となると、例の策士を含む日本海軍のトップは、来るべき決戦にそなえて艦隊を温存するとともに、なけなしの新造艦を整備することに専念するはずです。

それでは夏まで我々の動きを牽制できないと判断しても、要所要所をピンポイントでつつく小規模作戦に終始し、可能ならば主力艦以外で我々の出足を牽制する作戦を展開するはずです。

もし小規模作戦すらやらないのなら、反対にこちらからピンポイントで仕掛けるのもいいでしょうね。それについても、せっかくだから今回の机上演習に含めてしまいましょう」

なるほど、あの黒島亀人ならやりそうな策だ。

それをこともなげに看破してのけたスプルーアンスを見て、ハルゼーは大きな笑い声をあげた。

「貴様も汚名を返上せねばな。戦略で勝つために戦術で負ける。この戦争の妙とも言える名采配を評価せん輩が多すぎる。

まあ、前回の戦いは負けたわけではなく、勝たなかっただけなのだが……それすら気づけぬ馬鹿がいる以上、次は嫌でも勝利を見せつけなければならん。貴様の名誉は、俺の名誉でもあるのだからな」

強固な人種差別主義者のハルゼーだが、それはあくまで感情面のみからの態度であり、本当に日本人を猿と信じているわけではない。

いわゆる『生理的に受けつけない』状況であり、相手の優秀な点は内心では認めている。

日本人が優秀だとは口が裂けても言わないが、あれこれ対抗策を考えていることを見れば、ハルゼーが日本海軍を好敵手以上の存在と認めているのは確かだった。

ハルゼーの軽口を受けたスプルーアンスは、なぜか急に顔を引き締めた。そろそろ話をまとめる時間と感じているようだ。

「ともかく、太平洋での戦いをこれ以上長引かせるわけにはいきません。ニミッツ長官の予定では、そろそろ太平洋での戦争は終了する時期にさしかかっています。

しかし現実には、それにはほど遠い。日本が善戦すればするほど、ドイツの勢力が拡大します。あと二ヵ月もすれば、ドイツはふたたびソ連に対し攻勢に出るでしょう。

レニングラード攻防戦とその後の一連の戦いで、あわやドイツ軍敗退の危機になった時、ヒトラーは英本土攻略作戦であるアシカ作戦の実施を本気で考えていました。

そして、おそらく気まぐれだったのでしょうが、一時的にモスクワ包囲戦を解き、レニングラード包囲網のみを残して後方へ下がりました。

結果的にそれがソ連の反攻作戦を誘うことになり、一九四二年春に予定されていたアシカ作戦は中止されましたが、一九四二年の夏までに、ドイツはウクライナ方面へ南下させた部隊を用いて南方からモスクワを急襲する行動に出ました。

これはヒトラーがソ連の反攻を見て中央突破を諦め、じっくりと南側から攻めあげる作戦に変更したためと思われます。

こうなるとソ連は、中央から攻めている既存の部隊が本隊なのか疑心暗鬼になり、いたずらに戦力を分散させる愚を犯しやすくなります。

これこそがドイツの思惑だとすれば、中央軍はソ連軍主力を食い止めるだけの防衛戦闘を実施すればよく、本当の主力である南方軍にソ連軍の横腹を喰い破らせれば勝ちとなります。

そして現在となる一九四三年二月、ヒトラーは北アフリカ戦線をイタリアに任せ、なんとロンメルを指揮下の部隊もろともモスクワ南方のボロネジ方面へ投入しています。

ロンメルはドイツの機甲軍団を使わせたら天下一品との評価があるだけに、ヒトラーも最新装備で固めたロンメルを使い、今年こそはモスクワを奪取するつもりなのでしょう。

そして夏までにモスクワが陥落すれば、冬までにウラル西部までの一定地域を確保することで縦深(じゅうしん)を得て、ひとまず東部戦線はひと休みとするはずです。

さすがにスターリンも首都と一大穀倉地帯を取られれば、ウラル以東へ遁走するしかありません。

そこからふたたび反攻作戦を実施することになり

ます。そのために軍需産業の大半をウラル以東へ疎開させたのですから、これは半ば予定された未来といえるでしょう。

しかしソ連が、新たな地で態勢を立て直して反攻へ転じるには、それなりの期間が必要です。おそらく今年の冬には無理で、早くとも一九四四年春、遅ければ同年の秋から冬になると想定しています。

この時、合衆国を含む連合軍がソ連の反攻作戦に連動できなければ、おそらくソ連の作戦は失敗し、二度とドイツを追いかえすことはできなくなる……そう考えます。

つまり、早ければ一九四四年春、遅くとも同年の秋までに、我々はドイツに対して反攻作戦を実施できる状況にもっていかねばなりません。

それを可能とするためには、いま現在、対日戦のためにすべてを投入している状況から一八〇度転回する作業が必要です。

合衆国海軍に対する史上最大の増強を一段落させ、今度は陸軍に対し史上最大級の増産と質的強化を実施しなければ、世界最高の陸軍兵器を保有するドイツには勝てません。

そのためには今年の夏で日本と決着をつけ、一年間の準備期間に入る必要があります。

一年あれば、世界最強の米軍需産業がやってくれます。一年で現在の戦時海軍増産計画をなし遂げたのですから、陸軍にも同じことができます。

そうなれば、もはや我々海軍は増強する必要すらなく、日本海軍に対抗するために作りあげた最大最強の艦隊のすべてを、ドイツとイタリアのみにあてることが可能になります。

日本に劣るドイツやイタリア海軍など、ものの数ではありません。短期間で叩き潰し、ヨーロッパへ陸軍部隊を送りこめる状態にできるでしょう。

しかし、その大前提として、日本との戦争を終わらせなければなりません。

ドイツやイタリアとも手を切らせ、第二次世界大戦からいち早く離脱してもらわねば、すべてが絵空事になるでしょう」

スプルーアンスにしては異様に丁寧な発言だった。相手がハルゼーだからこその異例の態度なのだろうが、まだハルゼーは満足していないようだった。

「そうなれば最高だが、かといって日本に勝たせるわけにはいかんぞ。最低でも痛み分けでないと、とても連合国や合衆国市民を納得させられん」

「それは当然です。講和となれば、条件でかなり難航すると思います。

しかし、日本も馬鹿ではありませんので、このままずるずると戦争を続け、最後には自滅する愚策は選択しないでしょう。

そんなことをすれば、最悪の場合、ドイツの一人勝ちになってしまいます。日本は合衆国に負け、合衆国はドイツと不利な講和を結ぶ可能性が高い。そうなれば実質的に負けですが、日本も負けです。

だから日本としては、いち早く戦争から抜け出し、ドイツと合衆国の共倒れを狙うことが最善の策となります。これならば、戦後世界においても一定の発言権を確保できますし、日本の野望も一部は達成できます」

日本の野望とは、大東亜共栄圏の確立だ。

そもそもの発端が、日本が大東亜共栄圏の確立をめざしてアジアの覇権を求めたのに対し、合衆国が満州や中国の利権を求めて対立したことだから、ハル・ノートで全面否定した事案のうちの何割かを認め、何割かを日本に譲歩させることで講和が実現する可能性がある。

これらの流れを適確に把握しているスプルーア

ンスだからこそ、かくもスラスラと口上が飛び出してくるのである。

「日本人が黄色い猿連中の大将になるのは構わんが、俺たちの領分を侵すようなら容赦はせん。そこらへんが線引きになるだろうな」

日本を完全に叩き潰したいのはやまやまだが、それだと英国がもたない。本当は頭のいいハルゼーだけに、それくらいは簡単に理解している。

そしてハルゼーの口にした条件は、大半のアメリカ人にも受け入れられるものであることも確かだった。

「まあ、ともかく……我々の反攻作戦を成功させなければ、何も始まりませんよ。日本にいる対米急進派たちの鼻っ柱をへし折って初めて、講和への道筋が見えてくるのですから。最低でも一度は、明確な勝利を手にしなければなりません」

「そうだな。戦うのは俺に任せろ。貴様は頭で勝負だ。いいな？」

そう言うとハルゼーは、机に置いていたコーヒーを一気に飲み干し、いかにもまずそうな表情を浮かべた。

4

四月　日本

呉鎮守府と柱島のあいだの泊地に、久しぶりに連合艦隊主力部隊が戻っている。

被害を受けた長門や比叡／榛名、重巡愛宕／熊野などの修理と改装が完了したことで、ようやく艦隊総合訓練を実施することが可能になったためだ。

これに連動して艦隊機動訓練を実施するのが、小沢治三郎中将（昇進）率いる新生第一機動部隊となっている。

主力部隊を構成するのは第一艦隊と変わっていないが、所属戦艦は武蔵／長門の二艦のみとなっている。これは大和と陸奥が改装中のためだ。

そこで、第二艦隊から新装なった比叡／榛名を出し、戦艦と重巡中心の大規模訓練を実施することになったのである。

また、一部で訓練が連動する第一機動部隊は、以前と同じく第一航空艦隊が構成艦隊となっている。

今回の艦隊再編により、第一航空艦隊には正規空母翔鶴／瑞鶴／隼鷹、軽空母瑞鳳／龍鳳が所属することになり、一時的にだが第二航空艦隊は解散となった。

その代わりというには非力すぎるが……。

昨年にM作戦従事部隊としてマーシャル諸島へ航空機運搬を行なった低速軽空母大鷹／雲鷹／沖鷹が第一〇航空艦隊に、緊急改装が完了した低速軽空母海鷹／神鷹に、第二次戦時急造計画のひとつとなっている低速軽空母『海燕』型一番艦——海燕を加えた第一一航空艦隊が編成されている。

どのみち、夏までには中型正規空母『雲龍』型二隻が戦列に加わるし、建艦および改装期間を大幅に短縮するため一部設計を簡略化した正規空母大鳳と信濃も、それぞれ夏と秋までには完成する予定になっている。

大鳳・信濃はともに、飛行甲板の装甲化とクローズドバウの設計はそのままだが、搭載機数を増やすため密閉格納庫は従来型に変更されている。ここで浮いた重量は、そっくり対空装備の強化に使われたため予定されている排水量に変更はない。

そして今月から、いよいよ次世代の大型正規空母『白鳳』型が建艦を開始する。

完成は一年後になるが、同時に二隻を建艦し、沖今年八月には大型ドックがあく関係から、さらに二隻の建艦が始まる。

　これにより一九四四年の夏には、白鳳型四隻が出揃うことになる。

　あとは細かいところだが、台湾の海軍造船所が完成したため、そこで新型汎用駆逐艦の建艦が始まっている。

　新風型と命名される予定のそれは、同じく日本国内で戦時急造艦として完成間近の松型駆逐艦が対空／雷撃に特化された艦隊護衛艦になったのを受け、砲撃／爆雷攻撃／対空迎撃の強化を主としたバランス重視の汎用護衛艦となる予定だ。

　そして特筆すべきことに、これらの新造駆逐艦の大量配備が間近になったため、飛行艇母艦の母体となった駆逐艦『峯風』型の流用設計艦である睦月型が退役することになり、睦月型一〇隻が飛行艇母艦『遠洋改型』として改装されることになった。

　それらの改装が来月中に順次完了するため、五月末には海上護衛総隊を中心に配備が始まる予定になっている。

　これらの艦隊再編・追加により、護衛総隊の編成も一部変更と追加が実施される。

　具体的には、横須賀の護衛総隊司令部直属部隊として第一護衛隊／第二護衛隊（灘型母艦各三隻／遠洋改型一隻を追加）、サイパン／トラック／シンガポール警備府所属の第三から第五護衛隊に遠洋改型一隻を追加、ラバウル基地所属の第二広域護衛隊に遠洋改型四隻、新設されたソロン警備府に第六護衛隊用として灘型母艦三隻……。

　そして、カビエン広域護衛隊（ラバウルも広域護衛隊となったため、こちらの正式名称は第一広域護衛隊になった）にも、新たに遠洋改型母艦二隻と宮古型広域護衛艦四隻が追加されることになった。

　これでカビエン広域護衛隊は、六隻の母艦と一二隻の広域護衛艦、襲天二四機構成になった（陸上訓練隊の襲天を含まず）。

　一気に規模が拡大し、軽空母も真っ青な航空戦力を有するようになったわけだが、このぶんでは連合艦隊の支援要請も、さらに拡大するのは明らかである。

*

　ややさかのぼる二月一六日、上海。

　中国の中の外国と言われる上海租界、その中でもひときわ白人文化を際立たせているのが『旧フランス租界』と呼ばれる場所だ。

　名前の通り、第二次大戦前はフランス人中心の租界だった場所だが、その後、日本軍の上海進駐とともに様変わりし、いまではイギリス租界やその他の白人系租界を合同する形で存在している。

　なお、以前は『日本人街』と言われていた正式には租界扱いではなかった地区は、正式に日本租界となった。

　いずれの租界も、以前は治外法権を悪用した上海ギャングや私兵組織が跳梁跋扈（ちょうりょうばっこ）する魔界だった。

だが、日本陸軍部隊と海軍陸戦隊が上海郊外に駐屯地を設営し、徹底的な治安回復措置を実施したせいで、いまでは町角のあちこちに『軍交番』と呼ばれる小さな詰所が造られるほど治安は安定している。

　ただし、いかに日本軍の取り締まりが厳しくなったからといって、租界の法律とも言われる『上海国際条令』を逸脱した外国人迫害は行なわれていない。

　いまも昔同様、世界でゆいいつと言われる連合国出身者と枢軸国出身者、そして戦争に荷担していない第三国人が入り乱れて商売を行なっている自由都市である。

それら国際商人の中には、当然のように『死の商人』と呼ばれる国際武器売買人や各陣営の軍需産業関係者、そして各国の諜報員が混ざっている。

彼らにとり上海は、いまも金儲けと情報の宝庫であり、日本軍も上海国際条令を厳守する見返りとして駐屯させてもらっている関係から、日本では犯罪となる案件でもある程度は黙認する傾向にあった。

つまり上海は、いまもって魔都のままなのだ。

その旧フランス租界の中心近くにある『紅輝楼飯店』という名の、中華レストランを併設した一流ホテルがある。

このホテルは、戦前は中国の民間資本で運営されていたが、現在は中華民国政府が接収するかたちで国営化し、さらには国家情報部が運営する国際スパイの活動中心地となっている。


「遅いな……」

紅輝楼飯店所属の中華レストラン『紅輝楼』二階にある個室。直径三メートルほどの円形テーブルに椅子が六つ。

部屋は二〇畳ほどの広さがあり、テーブルの背後の壁際には中華風椅子がずらりと並んでいる。テーブルにある椅子の三つには、すでに来客が座っている。

先ほどの囁きは、真ん中の席に座っている野村吉三郎がいらついた結果、かすかに漏らした声だった。

野村といえば、昭和七年に勃発した上海事変において、手榴弾テロにより右目を失明した当人である。一緒にいた白川義則大将は死亡、重光葵が左足を切断したのもこの時だ。

その後の野村は横須賀鎮守府長官、大将昇進を経て昭和一二年に予備役となった。

しかし昭和一六年となり、日米関係が怪しくなると、特任全権大使としてサンフランシスコへ向かった。

結果的には戦争回避とならず、大使館の手落ちにより真珠湾攻撃が奇襲となったことを受け、野村は連合国から『無能の外交官』という酷いレッテルを貼られることになった……。

開戦後は枢密院顧問官となっていたが、ここに来ていきなり東条英機首相から密命を受け、いまこうして上海にいる。

「先方としても、いくら苦しいとはいえ、尻尾を振って見せるわけにもいかんでしょうから、ここはこちらが余裕を見せるべきかと」

野村のいらだちを柔らかな口調で諭したのは、去年の夏に発足した大本営海軍部第三部四課――通称『海外諜報活動課』に所属する久重直満中佐。中佐といっても武官ではないため、いまも背広姿で参加している。

もう一人は、陸軍情報部上海支局長の瀬高一輝中佐だ。

こちらは情報部員ながらバリバリの武官なのだが、帝国政府と海軍の要請により、今日は同じく背広姿となっている。

後方の椅子には翻訳官が三名、書記官が三名、それぞれメモを片手に座っていた。

八分ほど予定時刻を過ぎた頃……。

ようやく個室入口を仕切るドアが開き、一〇名ほどの中国人が入ってきた。

彼らの服装はまちまちで、はた目から見るとホテル関係者、国際商人、上海市の役人、およびそれぞれの付き人にしか見えない。

ここ上海においては、中国人のほうが部外者だ。

したがって、彼らがどこから来たにせよ、上海を警備している日本軍に目をつけられたくないなら、なにがしかの変装をしなければならない。

　それを髣髴とさせる姿形だった。

「お待たせしました」

　そう中国語で喋ると、遅れた謝罪もろくにせずに席に座った。

　ここからは双方の翻訳官を通じての会話となったが、どちらも片言なら理解できる程度には語学力があるため、その後の会話は円滑に行なわれた。テーブルに食事が運ばれてくるまでは、双方ともに簡単な自己紹介を行なった。

　それによれば、来客は中華民国――日本はまだ中華民国を承認していないため中国国民党政府となるが、ともかく現在の中国政府から派遣されてきた密使だ。

　なお一九四三年二月の段階では、中華民国政府の代表は蒋介石ではなく林森となっている。しかし蒋介石の権力はいまだ健在で、いまここにいる面々も林森の派閥ではなく蒋介石側の者ばかりだ。

　しかし……。

　野村たちは、遅れてきた非礼ではなく別の理由で声を失っていた。なんと現われた客の中心人物が、あの張学良だったのである。

　張学良は張作霖の息子だ。

　日本の関東軍により爆殺され、日中戦争のきっかけのひとつを作ったとされる、あの張作霖の息子を、あろうことか蒋介石は政府代理として寄越したのだ。

「日本の皆様、その節はお世話になりました」

　席に座った張学良は、早々に皮肉としか受け取れない言葉を吐いた。

　父親を殺された恨みから張学良は、日本に対する最強硬派となった。共産党軍との国共合作を推し進め、これまで徹底して日本軍に抵抗してきた張本人だ。抗日という点では、蒋介石や毛沢東以上かもしれない。

　そのような人物を代表として送りこんできた以上、蒋介石は今回の密会を最初から反故にするつもりではないか……。

　外交に長けている野村でなくとも、ほぼ日本側の全員がそう思ったに違いない。しかし、それを顔に出しては外交官失格である。

「過去のいきさつは多々ありますが、それは私も同じです。対米外交で辛酸を舐めた私が、今回こうしてこの場にいる意味をお察しいただき、過去のことはいったん、棚上げしていただきたい。いかがでしょうか」

　野村がこの場にいる理由は、ただ一つ。

　蒋介石政権を介しての日米講和の模索である。一度は合衆国との外交に失敗した野村を担当者にしたのも、それを渋る東条英機を説き伏せる形で海軍上層部が動いたせいだ。

　対米決裂を招いた野村だからこそ、その続きとなる日米講和の模索に適任……。

　これはあくまで表むきの理由で、実際は国内の対米強硬派を除外すると野村がもっとも適任だっただけの話である。

　しかし内実はどうであれ、合衆国から見れば無能のレッテルを貼った当人だから、その印象を払拭するのはきわめて難しいと言える。

「てっきり降伏勧告を告げられると思っていたのですが、違うのですか」

　敵意丸出しながら、つねに美形な顔に薄ら笑いを張りつけている張学良。

　これは難しい話し合いになる……。

　野村は内心そう思い、また自分は失敗するのかとうんざりしかけた。その時、左の席にいる久重直満が静かに切り出した。

「張閣下、米軍部隊のインド撤収は順調ですか」

「……!?」

「去年の七月に解散して、アメリカ合衆国義勇軍(AVG)から中国空軍特別任務部隊(CATF)に編入された、例の飛虎部隊のことですよ」

久重が口にした飛虎部隊とはフライングタイガースの中国名であり、もとは援蒋ルート確保のために設立された航空部隊である。

開戦当初は、あのラバウルへやってきた旧加藤隼戦闘隊とも空戦を行なったことがある。

その部隊が、日米開戦により義勇軍の意味がなくなった。しかたなく第10航空軍に編入したのだが、もともと志願兵部隊だったフライングタイガースは、ことのほか正規軍に編入されるのを嫌がっていた。

ところが、編入そうそう日本軍による米豪連絡線遮断作戦が実施されはじめ、その余波で援蒋ルートを流れる物資量が加速度的に激減、中国内にいる米軍に対する物資供給が困難になってきたのだ。

大量の部品や弾薬・燃料がなければ、米軍の航空隊は維持できない。

そこで、合衆国政府は義勇軍の存在そのものを抹消するため、そこに部隊があったこと自体をなかったことにする形で全軍撤収を始めた。それが今年一月のことである。

合衆国軍の急変した態度は、蒋介石政権にとって青天の霹靂(へきれき)だった。

ただでさえ援蒋ルートが限界を超えて細り、国民党軍に対する軍事支援も滞っているというのに、頼みの綱の米軍まで完全撤収してしまう……。

これでは、合衆国が完全に中国を見捨てたと思われてもしかたがない。

実際問題として、すでにルーズベルトはヨーロッパ戦線のほうに目がいっていて、太平洋における戦いにはうんざりしている。

自分で対日戦を無理矢理に招いたというのに、このままでは一九四四年の大統領選挙に負けそうだと理解した途端、日本とは適当なところで手を打ち、ヨーロッパの救世主を気取ることにより選挙を勝ち抜こうと考えたのである。

事が政治的理由によって動いている以上、日本と合衆国が講和するために中国を餌にするなど、陰謀が好きなルーズベルトにとってはたやすい判断だったはずだ。

それではおさまらないのが蔣介石である。

これまでアジアにおいて孤立しつつも連合軍の一員として踏ん張ってきたのも、すべては合衆国が後ろ盾になると確約していたからだ。

それが自分の都合が悪くなったからといって、ひらりと手のひらを返されてはかなわない。

そこで蔣介石は、よほどの条件を引き出せない限り、日米の餌にはならないという意志を示すことにした。

つまり、対日強硬派の張学良を、政敵として軟禁先の修文県陽明洞から引き出してまで利用したのは、蔣介石の強すぎるプライドのなせる技だったのだ。

「よくご存知で。情報組織の方でしたか。確かにその通りですが、今回の密談と何か関係があるのですか」

内心では驚いているはずなのに、張の顔に変化はない。

ただの優男(やさおとこ)でないことは確かだ。

相手が一筋縄ではいかないのを見た野村は、早くも切り札のひとつを切ることにした。

「はい、関係があります。ただし直接ではないのですが……。ご存知の通り、私は欧米諸国からは無能だとか裏切り者だとか言われている身分でして……それは張代理も似たようなものでしょう。つまりこの密談は、最初から成功する見込みの小さい捨て駒みたいなものではないかと。

まあ、私がそう言うと身も蓋もないのですが、事実は事実として申しておかないと、そちらに過分な期待や勘繰りをさせてしまうと思いまして。

むろん、私たちが驚天動地の奇跡的な合意に達することも皆無ではないからこそ、こうして貴重な時間を割いているわけです。

当然日米は、我々が話し合いをしている間も戦争を遂行中です。そして、現在の状況を利用しての日米講和交渉は、いまこの時点でしか有効ではありません。当然ながら、成功する見込みが小さい我々にすべてをゆだねる愚策を、日本が行なうわけがありません」

初めて張の目が小さく動いた。

「ほう。我々のほかにも、同時進行で別の交渉が行なわれていると？」

「じつのところ、私は存じあげておりません。私が知らされているのは、この場の密会に関することだけですので。しかし状況から推測するに、その想定は充分にありうることだと思います」

実際、野村は何も知らされていない。

まだ実現していないが、豪州政府を焚きつける形で、強引に連合国との講和交渉を迫る工作は始まっている。

ただしこれは、最後の手段に近い。

なぜなら、豪州政府をテーブルにつかせるためには、日本軍による豪州進攻を匂わせる必要があるからだ。

そのためにパプアのソロンへ新たに一個方面軍を移動させたものの、まずはパプア・ニューギニア全土を勢力下におき、最低でも要衝ポートモレスビーを攻略しなければならない。

日本陸軍は、今月にもソロンからニューギニアの南岸沿いに進撃を開始するとともに、ラバウルおよびラエなどの東部主幹基地を用いてのポートモレスビー攻略作戦を実施する手筈になっている。

この時系列から見て、豪州政府に対する恫喝的な交渉は、おそらく夏以降になると思われる。

すなわち……。

張たちとの密会は、それまでの期限付きのものであり、こちらが進展しなければ夏には打ちきられる性質のものでしかなかった。

「うーん」

いきなり張は考え込んだ。どうも演技ではなく、本心から悩みはじめたらしい。

横にいた中国側の二人が交互に中国語で進言しているが、小声なのと早口なのとで野村には理解できなかった。

「いま横にいる二人から、自分の立場を考えた上で言動をしてくれと強制的な要求があった。なにしろ私は交渉代理という名とは裏腹に、蔣介石の政敵として先日まで幽閉されていた身でしてね。

国民党総統こそ林森になっているが、裏ではいまだに蔣氏が実権を握っている。じつのところ私は蔣氏から、国共合作を行なった結果、共産党軍の勢力拡大に一役買ったとして責められている身なのだ。

当然、今回の代理採用にも条件がついている。もし私が中華民国のために日中講和をなし遂げられたら、過去の共産党擁護の件は不問にし、改めて発足する蔣介石政権の一員として迎え入れるというものだ。

もちろん、日本有利での日中講和など認められていない。あくまで中華民国に有利な講和であり、それが無理なら決裂してもやむなしという厳命付きだ。

これはそちらも同様だろう？　いまの政権ではないが、日本政府の首相はかつて、蔣介石政権を相手にせずと放言し、その結果、日中戦争は泥沼化したではないか。

さあ……私は横にいる両名の制止を無視して、いまの立場を明らかにした。野村大使も、日本政府から似たようなことを言われて、ここにいるのだろう？　ならば似た者同士、いっそ両政府をあっと言わせようではないか」

美男子なだけでなく頭も切れて口も達者……。

これでは蔣介石が政敵と恐れるのも当然だ。

しかし今回ばかりは、張がいくら功績をあげても、すべて蔣介石の手柄になる。

援蔣ルートを遮断され、合衆国からも見捨てられつつある中華民国は、このままでは日本軍に中国全土を蹂躙されて滅ぶ運命にある。

かといって、屈辱的に不利な条件での講和を行なったら、たちまち不満を爆発させたほかの軍閥政府や民衆による内乱に発展するだろう。

そもそも日本は、これまで汪兆銘政権に深く肩入れしてきた。

しかし汪兆銘政権が形骸化し、実質的な中国統一は蔣介石政権によって達成されてしまった。ほかの軍閥や共産党軍も健在ではあるが、蔣介石を無視しての中国統一は不可能なところまで来ている。

その蔣介石政権ですら、日本軍がこのまま進攻すれば崩壊するのだから、これまで連合軍に加わることで救済を願うのがゆいいつの手段だったのも理解できる。

それが見捨てられるとなれば、内乱を起こさない程度の条件で合意し、日本との戦争を終わらせることが最優先事項となったのである。

「言うは易しですが……実際はなかなか難しい。何か打開策を模索でもしない限り、現状の打破は無理でしょうな。ではひとつ、ざっくばらんに互いの要求を出しあいませんか?

たとえそれが双方ともに容認できないものであっても、相手の要求を知らないのでは交渉することもできません。細部にいちいちこだわらず、まず叩き台と割り切って交渉材料を吟味することからはじめませんか」

野村は下手な小細工や恫喝ではなく、交渉の正攻法で挑む決意を固めた。

相手が自分たちをまったく信用しておらず、また交渉打開の気運も薄いとなれば、小細工は交渉をこじらせるだけで利益にはならないからだ。

「まあ、条件を出しあうだけなら。私を監視する役目でもある横の両名も、下手に私が結論を急ぐより無難ですので容認してくれるでしょう」

「では、早速」

野村は陸海軍がまとめあげた『大本営案』と呼ばれる講和条件を記した文書をカバンから出させ、それをテーブルに置いた。

最初から、今日だけで妥結できる性質のものではない。これからなるだけ多くの日を割き、夏までの限られた時間の中でどこまで歩みよれるか……。

それは張学良との信頼関係を、ゼロから満点まで引き上げる作業にほかならない。それが自分にできるかどうか、野村にも自信はなかった。

しかし自信がなかろうと、それをなし遂げなければ自分の外交官として人生は失敗に終わる。それだけは確かだった。

第4章　和平のための戦争

一九四三年七月　ハワイ

「見ろ。これが合衆国の底力だ！」

　両手を腰の横にあてたハルゼーが、フォード島を望む真珠湾南岸埠頭に立っている。

　横にはスプルーアンスのほかに、なんとニミッツ長官をはじめとする太平洋艦隊司令部高官が居並んでいた。

「ようやく出揃ったな」

　着任以来、大半の時期を辛酸の一言に塗り固められてきたニミッツが、いまハルゼーが告げた視線の先にある壮麗な艦群を評価した。

　広大な真珠湾の南側エリアに、戦時量産計画の成果が居並んでいる。

　二隻のエセックス級空母（ヨークタウンⅡ／イントレピッド）。

　二隻の高速軽空母（インデペンデンス／カウペンス）。

　六隻の護衛空母（カサブランカ／リスカムベイ／コーラルシー／コレヒドール／ミッションベイ／ガダルカナル）。

　二隻の戦艦（アイオワ／アラバマ）。

　六隻の軽巡（ジュノー／サンディエゴ／オークランド／リノ／サンタフェ／バーミンガム）。

二四隻の駆逐艦（ベンソン級／リバモア級／フレッチャー級）。

そして、手前側の桟橋にずらりと横並びしているのが、二八隻のガトー級潜水艦である。

これらすべてが太平洋艦隊へ新規に配備された新造艦であり、そのほかに大西洋方面にも相当数が配備されているのだから、たしかにハルゼーの言う通り、まったく常識外れの建艦数と言える。

「艦隊決戦や空母決戦に使える艦を優先的にまわしてもらいましたので、そのぶん大西洋へ護衛空母や護衛駆逐艦を多く配備するよう工夫されています。

本当は太平洋でも輸送船団護衛用の艦がほしいところですが、そうなると大西洋ががら空きになってしまいますから」

ハルゼーのセリフを受けたスプルーアンスが、誰に説明するでもなく声を出した。

じつのところ、これらの艦の優先配備に関しては、スプルーアンスによる艦隊本部への交渉が大きく寄与している。

スプルーアンスは太平洋艦隊司令部の艦隊編成部に所属しているわけではないが、ハルゼーのあと押しもあり、ニミッツから特別に参与扱いで意見を具申できるよう配慮してもらえたのだ。

直近の戦いを指揮した者が自分の戦いをふり返り、勝利するためには何が不足していたかを具申する。これは当然すぎる義務であり、軍を強くするためには必要不可欠な行動だ。

しかし実際には、なかなか敗軍の将が意見を通せる場を与えられることはない。

その点、スプルーアンスは『勝たなかったが負けてもいない』という評価であり、ハルゼーやニミッツの信任も厚く、いまもって太平洋艦隊内では高い評価を受けている。

だからこそ、ニミッツの名前で提出される新造艦の割り振り希望についても、スプルーアンスの意見が最大限に生かされることになったのだ。

「欲を言えば、エセックス級をあと二艦ほしいところだな。戦艦はもとからあるものを足せば充分……ただアイオワ級が、例の巨大戦艦に太刀打ちできるかどうかは疑問だが」

思ったことをそのまま口にしたハルゼーを見て、ニミッツが少し苦笑した。

「大西洋にも正規空母を一隻はまわさないと、あっちの頭が沸騰してしまう。どのみちエセックス級は、今後二ヵ月に一隻の割合で完成するから、そのうち追加も来る。

護衛空母に関しては、一週間に一隻完成しているから、いらんと言っても送られてくる。潜水艦も同様だ。

ただし乗艦する将兵は、そうもいかん。艦は沈められても次々に送られてくるが、一緒に将兵も沈んでいては育成が間に合わん……もちろん、合衆国市民である親御さんたちも黙ってはいない。

だから、たとえ艦は失っても、乗員の救助は最優先で実施しなければならん。その点、スプルーアンスはよくやってくれた。あれだけの被害を出しながら、乗員の被害は驚くほど少なかったからな。

彼らの多くが、いま目の前にいる艦群に乗り込むことになっている。古参の彼らが新任の連中を鍛えてくれる。これが実現できるからこそ、これから一ヵ月という短期間の訓練で実戦可能な艦隊が編成できるのだ」

本来であれば、まっさらの新造艦に新兵や寄せ集めの士官を乗艦させても、まともに戦えるまで半年程度の訓練が必要になる。

それが最低限とはいえ、たった一ヵ月で作戦投入が可能になるというのだから、たしかに実戦慣れした古参将兵の存在は貴重である。

むろん、ただそれだけで驚異的な期間短縮が可能になるわけではない。

新造艦の多くが、人間工学的な観点から在来艦との共通性を重視していることも、慣れという点で期間短縮を可能にする大きな要因となっている。

日本海軍の場合、機能を優先するあまり、人間は艦に合わせろといった精神論がまかり通っている。

しかし合衆国では、大衆自動車が広く普及しているのを見てもわかるように、素人の一般市民でも簡単に自動車を運転できる工夫がなされている。

そのノウハウが軍艦にも生かされているのだ。

考えてみれば当然のことで、空母や戦艦はともかく、潜水艦に至っては川沿いの民間鉄工所で建艦されているし、主力戦車を作っているのは自動車メーカーである。

空母や戦艦／巡洋艦の造船工員たちも、溶接やリベット打ちなどは民間鉄工所で学んだ者が多くいる。

ようは、民生が軍事に寄与するのが合衆国であり、軍事と民生が独立して存在していた日本との違いだろう。

その日本でも、戦時急造計画というなりふり構わない大増産を前にして、ようやく民間と軍部が手を取りはじめている。

しかし、第一次世界大戦あたりから量産工業化の歴史がある合衆国には、国力に大差があるという点もあり、とてもかなわないのが実状だった。

「あとはお任せします」

スプルーアンスはハルゼーの正面に向き直り、少し頭を垂れながら言った。

「おう、任せとけ。貴様の作戦プランも大いに参考にさせてもらった。あとは連合艦隊を叩き潰すだけだ」

新旧交代というには順序が逆だが、たしかにこれは世代交代には違いない。

日本も多くの指揮官が交代している。

まさに、次はニューフェース同士の戦いになるだろう。それはもう、間近に迫っていた。

*

一方、日本は日本で忙しい毎日を送っている。

一時は静かだった日本周辺も、四月を過ぎる頃からきな臭い状況になってきた。

まず日本軍部を驚かせたのが、日本海軍のインド方面をにらむ牙城――スマトラ島北端にあるアチェ軍港が、四月二四日の朝、突然の空襲によって大被害を受けた事案である。

攻撃してきたのは空母艦上機のＦ４Ｆ／ドーントレスだったため、まず間違いなく空母機動部隊による航空攻撃だと判定された。

そして、日中に実施された九七式飛行艇と陸軍一〇〇式司偵を用いた長距離索敵により、ベンガル湾東方八〇〇キロ付近を退避していく、軽空母四隻を含む機動部隊を発見した。

その後、タイ国のプーケットにある海軍水上機基地へ、シンガポールの海上護衛隊警備府から八機の襲天が飛来し、燃料を補給すると翌朝には攻撃のため出撃して行った。

同時にプーケットの海軍飛行場からも、一式陸攻八機／零戦三二型一二機が出撃。

ビルマのヤンゴンからも、海軍の要請に応じるかたちで、陸軍飛行場から呑龍改（排気ターボ仕様）八機／屠龍改（排気ターボ仕様）八機が出撃した。

結論から言えば、四月二五日午前一〇時に行なわれた陸・海・護衛隊による航空攻撃により、一隻の護衛空母を撃沈、一隻を戦闘不能に追いこんだ。

　ただし、残り二隻の護衛空母は無傷のまま逃してしまった。出撃した機数と種類を見る限り、これは失態に近い戦果だ。

　しかし、なにしろ誰も予想していなかった場所での戦闘だったため、どこもまともな準備ができていなかった。

　シンガポールの警備府襲天隊に至っては、シンガポール護衛隊の各分隊が船団護衛で出払っていたため、基地訓練隊をプーケットへ送っての出撃になったほどだ。

　海軍も久しく一式陸攻による雷撃訓練をやっていなかったし、ヤンゴンの陸軍に至っては艦艇爆撃そのものが初体験……。

　これで一隻を撃沈できたのだから、よくやったと誉めるべきだろう。

　ともあれ……。

　この事件があってから、大本営も連合軍が南太平洋での敗北から日本の目をそらすため、インド洋方面へ新規に護衛空母部隊を派遣したことを知った。

　インドは大英帝国の領分だが、肝心の大英帝国が本国防衛で精一杯の状況のため、インドは植民軍を中心とした戦略を防衛中心に練り直している。そのため艦隊も、英海軍から最低限の数しか派遣されていない。

　日本は日本で、インド方面は現地人による独立運動の支援に方針を切りかえていたため、ビルマにいる山下奉文指揮下の方面軍とスマトラ島の海軍基地によるマラッカ海峡防衛に専念していた。

　そこに護衛空母主体とはいえ、四隻もの軽空母を含む機動部隊が出現したのだから、今後もこれまでのような様子見はできないことになった。

　事態を重く見た日本海軍は、一時撤収していた南遣艦隊を復活させることにした。

　慌ただしく艦隊編成が行なわれ、改修が終わった戦艦扶桑と山城を中心とする戦艦二／重巡二／軽巡二／駆逐艦八隻による水上打撃艦隊と、第一〇航空艦隊として新編成された、松本毅少将率いる低速軽空母大鷹／雲鷹／沖鷹、軽巡天龍、駆逐艦四隻、海防艦八隻の空母部隊がシンガポールへ向かうことになった。

　その後は今日まで、派遣した二艦隊による戦闘は発生していない。

　これは連合軍側が二艦隊の派遣をなんらかの方法（おそらくビルマ国内での諜報活動）で知り、セイロンのコロンボ軍港に逃げ込んだ護衛空母部隊の出撃を控えたためらしい。

　これで、やっとひと息……。

　そう思った矢先の五月一六日。

　今度は太平洋の北辺にあるアッツ・キスカの両島に、いきなり合衆国の巡洋艦部隊と護衛空母部隊が接近し、なんと諸島奪還作戦を実施しはじめたのである。

　両島には零戦二一型を中心とする防空部隊と、若干数だが九九艦爆／九七艦攻で構成される攻撃部隊がいたが、予期せぬ航空奇襲と夜間の砲撃により、まともに応戦すらできずに数を減らしてしまった。

　あとは陸上守備隊による上陸阻止にすべてを託すことになったが、合衆国の巡洋艦部隊が引き連れてきた上陸部隊が三個連隊以上とわかると、とても阻止できる数ではないと判断されるようになった。

　そして、両島の守備隊に玉砕の雰囲気が滲みはじめた頃。

日本海軍は、夜間急行作戦を古村啓蔵少将に託し、重巡那智を加えた第一〇／第一一駆逐戦隊（軽巡青葉／衣笠、駆逐艦一〇隻）率いる高速救援部隊を用いて、六月二〇日深夜、見事、両島からの完全撤収をなし遂げたのである。

この時は夏前というのに霧が深い夜となった。

この霧を事前に予測したのが海軍気象部であり、気象を利用して敵艦隊のすぐ近くをすり抜け撤収作戦を完遂した希有な例として、海軍のみならず陸軍内でも高い評価を得た。

しかし、結果としてはアッツ・キスカ両島を奪還されてしまった格好になり、これまた日本側の手痛い失敗と記録されてしまった。

インド洋といい北太平洋といい、まさにこの時期、合衆国海軍は嫌がらせとも思える揺さぶりをかけてきた。

そのどれもが、南太平洋における米軍の敗北を糊塗（こと）するものであることは明らかであり、正面から南太平洋を奪還できないからこそ、あちこち別方面で騒ぎを起こし、そちらに日本軍の目を向けさせようという陽動作戦と受けとられた。

陽動作戦であれば、とりあえず対処すればいい……。

そう考えて場当たり的な対処をしたのがインド洋であり、アッツ・キスカ方面も当初は本気で上陸してこないだろうと判断していた。

ところが、実際は違った。

たしかにインド洋は陽動だったらしいが、アッツ・キスカは本気で奪還するつもりでやってきたのだ。

後になってわかったことだが、このアッツ・キスカ奪還は米軍の反攻作戦の皮切りとして計画されたものであり、大規模な海戦が不可能な時期でも、小規模艦隊で実現可能な反攻作戦を先行実施すべきというハルゼーの強い意見を受け、スプルーアンスの提言を加味して練られたものだった。

日本は夏まで安泰と考えていたが、じつは五月の時点で、連合軍の太平洋における反攻作戦は一部限定ながら開始されていたのである。

その日本も七月に至り、米軍ほどではないにせよ、かなりの新造艦や改装艦を加えることに成功し、ようやく大規模な作戦行動を開始できる素地ができあがった。

とはいえ艦隊乗員の最終的な訓練育成は、米海軍同様にもう少しかかる。

日本の場合、失った艦が少ないぶん、修理すれば実戦復帰が可能な艦が多いものの、新造艦に乗る将兵の育成はまっさらから行なわなければならず、それに思いのほか時間がかかっている。

それらも来月には、あらかたが終了する。

そして……。


ふたたび太平洋は、戦いの海に変貌するのであった。

（最終巻に続く）

■編成

◎カビエン広域海上護衛隊（1943年4月時点）

海軍海上護衛総隊司令長官　及川古志郎大将
司令部参謀長　島本久五郎少将
カビエン基地司令・広域護衛隊司令
瀬高和義少将（護衛総隊所属）
カビエン水上機基地司令　真部泰造大佐（海軍航空隊所属）
カビエン基地守備隊長　塩崎寛治大尉（海軍陸戦隊派遣）
カビエン戦闘機分隊長　水島忠夫中尉（海軍航空隊所属）

護衛支援隊　隊司令　秋津小五郎大佐
隊参謀長　数馬秀平中佐
作戦参謀　宗道継少佐
航空隊長　剣崎守少佐
航行主任・峯風航海長　多良泉太郎大尉
通信主任・峯風通信室長　小竹信三郎中尉

駆逐艦　峯風　艦長　秋津小五郎大佐兼任
広域護衛艦　宮古　艦長　湯島建治中佐
大東　艦長　太田剛中佐
御蔵　艦長　七尾徹治中佐
三宅　艦長　湯之島怜悧中佐
利尻　艦長　黒崎慎一郎中佐
天売　艦長　鍋島豊中佐
神津　艦長　佐伯龍吾中佐
平戸　艦長　比婆典十郎中佐
宇治　艦長　田無金吾少佐
岩城　艦長　安達原十兵衛少佐
高根　艦長　池屋和人少佐
答志　艦長　下村栄吉少佐

飛行支援隊　改装飛行艇母艦　遠洋　艦長　丸山清六中佐
蒼洋　艦長　臼木卓中佐
黒洋　艦長　遠藤菊治中佐
飛洋　艦長　郷原大哲中佐
大洋　艦長　湯島弁太少佐
紅洋　艦長　峯孝志少佐

襲天飛行隊　6 個分隊　24 機
陸上飛行艇訓練隊　8 機

飛行隊長・遠洋飛行分隊長　白羽金次大尉（兼任）

◎帝国海軍連合艦隊（1943 年 5 月時点／新編成分）

第一艦隊（山本五十六大将）
戦艦　武蔵／長門
軽空母　祥鳳
重巡　熊野／利根／最上／筑摩
軽巡　那珂／木曽／多摩／長良
駆逐艦　14 隻

第二艦隊（栗田健男中将）
戦艦　比叡／榛名
重巡　愛宕／高雄／摩耶
軽巡　由良／那珂
駆逐艦　12 隻

第三艦隊（阿部弘毅中将）
戦艦　金剛／霧島
重巡　妙高／羽黒
軽巡　木曽／夕張
駆逐艦　10 隻

第一航空艦隊（小沢治三郎中将）
　空母　翔鶴／瑞鶴／隼鷹　※紫電改／彗星／流星
　軽空母　瑞鳳／龍鳳　※零戦四三型／駿星／雷天
　重巡　筑摩／鈴谷
　軽巡　阿賀野／能代／矢矧／鬼怒
　駆逐艦　14 隻

第二航空艦隊（角田覚治少将）
　※現在空母改装中につき一時解体

第一〇航空艦隊（松本毅少将）
　低速軽空母　海燕／大鷹／雲鷹
　軽巡　天龍（対空改装）
　駆逐艦　4 隻
　海防艦　8 隻

第一一航空艦隊（有馬正文少将）
　低速軽空母　沖鷹／海鷹／神鷹
　軽巡　龍田（対空改装）
　駆逐艦　4 隻
　海防艦　8 隻

第五艦隊（第一駆逐艦隊／木村昌福少将）
　第一〇駆逐戦隊　軽巡青葉　駆逐艦 5 隻
　　　　　　　　　※軽巡は水雷戦強化改装
　第一一駆逐戦隊　軽巡衣笠　駆逐艦 5 隻
　　　　　　　　　※軽巡は水雷戦強化改装
　第一二駆逐戦隊　軽巡球磨　駆逐艦 5 隻
　　　　　　　　　※軽巡は水雷戦強化改装
　第一三駆逐戦隊　軽巡北上　駆逐艦 5 隻
　　　　　　　　　※軽巡は水雷戦強化改装
　第一四駆逐戦隊　駆逐艦 6 隻
　第一五駆逐戦隊　駆逐艦 6 隻
　第一六駆逐戦隊　駆逐艦 6 隻

第六艦隊（第一潜水艦隊／田中頼三少将）
　第一潜水戦隊　第一潜水隊　伊五〇一／五〇三
　　　　　　　　第二潜水隊　伊六〇一／六〇三／六〇五／六〇七
　第二潜水戦隊　第三潜水隊　伊五〇二／五〇四
　　　　　　　　第四潜水隊　伊六〇二／六〇四／六〇六／六〇八
　第三潜水戦隊　第一航空潜水隊　伊一五／一七／一九
　　　　　　　　第二航空潜水隊　伊二八／二九／三〇
　第四潜水戦隊　第三航空潜水隊　伊二一／二五／二六
　　　　　　　　第四航空潜水隊　伊九／一〇／一一
　第五潜水戦隊　第五潜水隊　伊五二／五三／五五
　　　　　　　　第六潜水隊　伊五四／五六／五八

第一二艦隊（第二潜水艦隊／木梨鷹一少将）
　第六潜水戦隊
　　第七潜水隊　伊一七六／一七七／一七八／一七九
　　第八潜水隊　伊一八〇／一八一／一八二／一八三
　第七潜水戦隊　第九潜水隊　伊一八四／一八五
　　　　　　　　第一〇潜水隊　伊四〇／四一／四二
　　　　　　　　第一一潜水隊　伊四三／四四／四五

●各種諸元

□中型正規空母　雲龍型

※飛龍型の設計を流用し、戦時急造型空母として緊急建艦が決定した。
※装甲はないがブロック工法および注水隔壁の完全気密化を採用。
※新設計の大型正規空母『白鳳型』が完成するまでの繋ぎを目的とするため、当面４隻、状況によっては８隻まで建艦することになった。
※限界近くまで簡略化され、艦内隔壁も最低限にしたため抗堪性能は低下したが、建艦日数は劇的に短くなった。それでも原型の飛龍よりダメージコントロール性能は優れている。

同型艦　雲龍／天城／葛城／阿蘇（建艦中）
　　　　笠置／生駒／有珠／岩手（計画）
基準排水量　18,800 トン
全長　230 メートル
全幅　22·5 メートル
主機　石油専焼缶／ギヤード・タービン／２軸
出力　10,000 馬力
速力　30 ノット
兵装　高角　12·7 センチ 50 口径連装　６基
　　　機銃　25 ミリ三連装　20 基
　　　　　　20 ミリ単装　20 基
　　　　　　12·7 ミリ単装　26 基
格納庫　二段（拡張設計）
搭載　航空機　70 機（紫電改／彗星／流星）

□川西零式単発複座飛行艇『襲天三三型（新襲天）』

※搭載する軽魚雷を新型の二式航空軽魚雷に変えるため、抜本的な機体の改良と新開発の三菱製土星エンジン搭載が決定した。
※後部視認性が最悪だった欠点が、後部操縦席を20センチ上方へ持ちあげることにより、風防上部を翼の高さより20センチ上まであげることになり、操縦席からの後方視認性がかなり改善された。
※全長を延長し双胴内燃料タンクを大型化した。
※襲天の有用性が陸海軍に広まったため、三三型から量産規模が拡大されることになり、これまで量産は東海飛行機だけだったのが、開発元の川西と新たに立川飛行機でも量産ラインが設置された。三社による合計は月産30機（年間360機）。

機体　川西飛行機
製造　川西飛行機／東海飛行機／立川飛行機
発動機　三菱土星強制空冷星型18気筒・42リットル／低圧ターボ仕様
出力　最大1,960馬力（非過給1,590馬力）
全長　10·5メートル
全幅　12·3メートル
全重　2,750キロ
速度　最大470キロ
航続　4,200キロ（爆装なし）
　　　3,600キロ（爆雷装時）
武装　12·7ミリ長銃身機銃×4（機首）
爆装　両翼下に60キロ対潜爆弾×4
　もしくは
　　フロート弾倉に500キロ通常爆弾×1
　もしくは
　　フロート弾倉に二式500キロ航空軽魚雷
　※いずれの場合も併用不可
乗員　2名

※低圧排気過給装置

通常の排気ターボは、高圧過給を可能にするため燃焼室の圧縮比を下げる。圧縮比を下げると無過給時の燃費と出力が落ちる。これが襲天の超低速飛行には合わないため、新襲天ではあえて圧縮比を高いままにし、異常燃焼が発生しない範囲の低圧過給のみとした。しかも操縦席に過給圧制御バルブを設置し、燃料消費を低減する時は非過給（吸気が一気圧を超えると吸気バルブが自動的に開き、排圧するモードを選択できる）で飛べるようにした。

※二式500キロ航空軽魚雷

本来は軽空母用の新型軽艦攻のために先行開発されたものだが、襲天用の九四式120キロ丙二型航空短魚雷が古すぎるのと威力が小さすぎる、航続距離があまりにも短いなどの欠点があったため、このさい海防艦用・襲天用・軽艦攻用を統一することになった。

以前は炸薬量が制式名につけられていたが、他と統一するため魚雷重量の500キロをつけるよう変更された。

重量　500キロ
全長　4メートル
直径　40センチ
射程　1,200メートル
速度　38ノット
炸薬　300キロ

□中島二式軽艦上爆撃機／軽艦上攻撃機
（中島一八試艦爆・艦攻／駿星・雷天）

※彗星および流星が軽空母に搭載不可となったため、軽空母専用の艦爆／艦攻が必要になった。そこでお蔵入りしていた中島一一試艦爆の機体設計を流用し、排気タービン付き栄エンジンを高トルク型に調整したものを搭載することで、九九艦爆／九七艦攻を陵駕する性能となった。

※機体全長が九九艦爆／九七艦攻より短いため、軽空母搭載機数が若干増える。

※設計変更の時点で全長が零戦より長くなったが安定性は格段に向上した。
※（　）内は艦攻

設計　基本設計・設計改良　中島飛行機
製作　三菱飛行機／中島飛行機／海軍空技廠
発動機　栄二二型排気タービン過給仕様
出力　1,320馬力
全長　9·3メートル
全幅　13メートル（13·8メートル）
※双方とも翼折時7メートル
全重　2,580キロ（2,950キロ）
速度　最大480キロ（430キロ）
航続　1,200キロ（1,200キロ）
武装　12·7ミリ機銃×2（両翼）
7·7ミリ機銃×1（後部旋回）
爆装　250キロ徹甲爆弾×1
（二式500キロ航空軽魚雷もしくは500キロ通常爆弾）
乗員　2名

□三菱二式艦上戦闘機二三型（紫電改）

※紫電の設計を艦上機仕様に大幅変更したもの。
※エンジンを三菱ハ－109強制空冷星型排気ターボ仕様とした。
※爆装廃止
※不評だった20ミリ機銃を廃止し、12·7ミリ四挺とした。
※操縦席／燃料タンクの防弾・防燃化
※F6Fと優位に戦える性能が要求された。

製作　三菱飛行機
発動機　三菱ハ－109強制空冷星型排気タービン仕様
出力　1,880馬力
全長　9·3メートル

全幅	12メートル（翼折時7メートル）
全重	3,280キロ
速度	最大580キロ
航続	1,700キロ（増槽使用時）
武装	12·7ミリ機銃×4（機首／両翼）
爆装	なし

RYU NOVELS

帝国海軍よろず艦隊③

史上最大の海戦！

2020年3月20日　初版発行

著　者　羅門祐人（らもんゆうと）
発行人　佐藤有美
編集人　酒井千幸
発行所　株式会社　経済界
〒107-0052
東京都港区赤坂 1-9-13　三会堂ビル
出版局　出版編集部☎03(6441)3743
出版営業部☎03(6441)3744
振替　00130-8-160266

ISBN978-4-7667-3282-5

印刷・製本／日経印刷株式会社

Printed in Japan